Martin Wohlgenannt

CORPUS MEUS

Kurzgeschichten mit biografischen Berührungen

Martin Wohlgenannt

CORPUS MEUS

Kurzgeschichten mit biografischen Berührungen

Der Autor: Martin Wohlgenannt, geb. 1946, international erfolgreicher Technischer Journalist und Autor, davor Konstrukteur n mehreren technischen Sparten. Veröffentlichungen in einer ganzen Reihe technischer Fachzeitschriften. Die Texte, die er für dieses Buch verfasste, greifen über die Technik hinaus - sie schildern selbst erlebte und selbst erdachte Episoden, teilweise mit autobiografischen Berührungen.

Bibliografische Information der Deutschen Nationalbibliothek: Die Deutsche Nationalbibliothek verzeichnet diese Publikation in der Deutschen Nationalbibliografie, detaillierte bibliografischen Daten sind im Internet über dnb.dnb.de abrufbar.

TWENTYSIX – Der Self-Publishing-Verlag
Eine Kooperation zwischen der Verlagsgruppe Random House und BoD – Books on Demand

© 2018 Martin Wohlgenannt
Herstellung und Verlag:
BoD – Books on Demand, Norderstedt
ISBN: 978-3-740750411

Inhaltsverzeichnis

Im Kloster-Internat

Abenteuer beginnen im Kopf

Im westlichen Teil von Bregenz liegt direkt am Bodenseeufer die Zisterzienserabtei Mehrerau. Der Mönchsorden führt dort schon viele Jahrzehnte lang ein Internat mit Gymnasium, das Collegium Sancti Bernardi, in dem ich Ende der fünfziger und Anfang der sechziger Jahre des zwanzigsten Jahrhunderts einen Teil meiner Jugendzeit erlebte. Wie im Humanistischen Gymnasium üblich, wurde von der ersten Klasse an Latein unterrichtet, in der dritten Klasse kam Altgriechisch dazu und in der fünften Englisch. Ausnahmslos alle Schüler wohnten im Internat, dessen Tagesablauf streng geregelt war, mit Schulunterricht, Lernen in den Studiensälen und Freizeit im vorgeschriebenen Internatsbereich.

Die Schüler der ersten beiden Klassen schliefen in Schlafsälen mit jeweils etwa dreißig Betten, die dritte und vierte Klasse in einem riesigen gemeinsamen Schlafsaal mit mehr als sechzig Betten. Die vier Klassen der Oberstufe hatten zum Teil kleinere Schlafsäle. In den ersten Jahren wurden wir um sechs Uhr früh geweckt. Später gab es auch Tage, an denen wir bis halb sieben schlafen durften. An diesen Tagen fiel die sonst übliche Frühmesse in der Kollegiumskapelle aus, stattdessen folgte nach einer halben Stunde im Studiensaal direkt das Frühstück. Nur die erste Klasse und die Klassen der Oberstufe hatten eigene Studiensäle, die zweite, dritte und vierte Klasse, also fast neunzig Schüler, lernten im „Glaspalast" einem sehr großen Studiensaal mit zwei Fensterfronten. Durch die südliche sah man hinter Bäumen ein vom Kloster betriebenes Spital, das „Sanatorium", die nördliche bot den Blick in einen Innenhof, mit Eingängen zur Schreinerei und zur Metzgerei des Klosters. Hin und wieder wurden hier von Klosterbrüdern Kühe oder Schweine geschlachtet, wir konnten vom Studiensaal aus sehen, wie sich die Tiere meistens vehement dagegen wehrten, zur Schlachtung in die Räume der Metzgerei getrieben zu werden.

Die einzelnen Klassenräume des Gymnasiums befanden sich im Gebäudetrakt südlich des damals als Fußballplatz dienenden Hofes zwischen dem Kloster und dem Collegium. Hier wurde nicht auf Rasen Fußball gespielt sondern auf gewalztem Kies. Besonders sportlicher Körpereinsatz hatte daher für die Spieler sehr oft aufgeschürfte Knie und Ellbogen zur Folge. Besonders unangenehm war der harte Kiesboden für jene, die noch nicht über heute übliche Turn- oder Fußballschuhe mit stabilen Sohlen verfügten, sondern über die damals noch häufigen Turnpatschen aus dünnem Spaltleder, durch deren Sohlen man jeden Kieselstein spürte. Bei jenen, die sich ohnehin nicht sehr für Fußball interessierten, und es gab davon mehr als die von der Internatsleitung verordnete Fußballbegeisterung vermuten ließ, förderten der harte Kiesboden und die weichen Schuhsolen natürlich die Abneigung gegen Fußball. Die Präfekten als Aufsichtspersonen sahen es gern, wenn die Schüler Fußball spielten, denn wer Fußball spielte, hielt sich im erlaubten Bereich auf und war leichter zu beaufsichtigen. Jene, die in ihrer Freizeit nicht gern Fußball spielten, standen immer im Verdacht, es mit den Internatsregeln nicht so genau zu nehmen.

Dass man Fußballspielen konnte, wurde bereits von jedem Zehnjährigen vorausgesetzt. Ich gehörte zu jenen, die sich beim Fußballspielen ziemlich ungeschickt anstellten, ich fand auch niemanden, der mir das Fußballspielen richtig beibrachte. Zu meiner Enttäuschung lösten meine mangelnden fußballerischen Fähigkeiten auch bei meinem damaligen Turnprofessor keine pädagogischen Aktivitäten aus. Dabei hätte dies doch eigentlich zu seinem Aufgabenbereich gehört. Für ihn und schien es ganz einfach zu sein: Wer nicht gut Fußball spielte, bekam eine schlechtere Note im Schulfach Turnen. Ich fand diese Beurteilung zwar überhaupt nicht fair, aber ich war von zu Hause aus so erzogen und gewohnt, Entscheidungen von Lehrern und sogenannten Erziehungsberechtigten weitgehend widerspruchslos hinzunehmen. Meine Frustration war auch deshalb leichter zu ertragen, weil nicht nur ich selbst diese ungerechte Behandlung hinzunehmen hatte, sondern auch ein paar andere Mitschüler. Wie zu erwarten, entwickelte sich der Fußball nicht zu einem wesentlichen Bestandteil meines Daseins. Zu meiner Freude bot das nahe Bodenseeufer eine Fülle von alternativen Eindrücken und Anregungen. Andere empfanden ähnlich, deshalb fand ich schnell Gleichgesinnte; es war für uns ein besonderer Nervenkitzel, die für uns verbotene Umgebung des Internats zu erkunden. Unwiderstehlich fühlten wir uns vom Bodenseeufer mit den vielen Tieren im Schilfgürtel angezogen, den Schiffen auf dem See und im benachbarten Yachthafen. In unserer Phantasie gehörte der Schilfgürtel zur Dschungelwelt in Afrika oder Indien. In unserer Vorstellung konnten uns die Schiffe im Yachthafen auf Entdeckungsreisen in ferne Länder bringen. Allerdings mussten wir uns einige Tricks einfallen lassen, um unbemerkt den erlaubten Internatsbereich zu verlassen.

Trotz drohender Strafen wurden wir von der Schilflandschaft am Seeufer magisch angezogen. Hier konnten wir Frösche, Vögel und andere Tiere beobachten. Wenn man der Phantasie freien Lauf ließ, konnte man sich vorstellen, irgendwo in Indien auf Tigerjagd zu sein. Der neben dem Schilfgürtel westlich an das Kloster angrenzende Yachthafen war damals der einzige Yachthafen in Bregenz und passte ausgezeichnet in unsere Abenteuerlandschaft. Fachmännisch kommentierten wir die Vor- und Nachteile der verschiedenen Ruder-, Motor- und Segelboote, die hier festgemacht hatten. Auch war es immer wieder ein Thema, welche dieser Boote sich für Fernreisen auf Weltmeeren oder großen Binnenseen in Afrika und Amerika eignen würden. Vor allem eine etwa sieben Meter lange Motoryacht mit Stahlrumpf und einer Kabine mit runden Bullaugen fand unsere Bewunderung, außerdem eine Segelyacht mit zwei Masten, damals wohl die einzige dieser Art in Bregenz. Wir fragten uns, wann endlich die Schiffschleusen am Schaffhauser Rheinfall gebaut würden, von deren Planung und in Kürze bevorstehendem Bau wir im Geographieunterricht gehört hatten. In der Schulkarte von Vorarlberg, die wir damals im Unterricht verwendeten, war der Hafen im Rheindelta bereits eingezeichnet. Wir rechneten fest damit, als Erwachsene dessen Eröffnung zu erleben, dann konnten die Schiffe aus dem Bregenzer Yachthafen tatsächlich über den Rhein zum Meer gelangen.

Unsere Bubenträume von aufregenden großen Erlebnissen und Abenteuern endeten meist allzu schnell mit dem Ende der durch die Internatsregeln festgelegten Freizeit. Dann galt es, möglichst unbemerkt wieder in den Internatsbereich zu gelangen und so zu tun, als ob man nie weg gewesen wäre. Wenn dies nicht gelang, drohten je nach Laune des Präfekten zum Teil saftige Strafen, zum Beispiel durch sogenannte Hosenspanner, bei denen der jeweilige Präfekt das Hinterteil des unglücklichen Delinquenten mit einem Stock kräftig bearbeitete.

Kirchenrenovierung: Am Anfang stand der Abbruch

Am Anfang des Jahrzehnts zwischen 1960 und 1970 wurden die Internatsschüler informiert, dass das Kloster die Abteikirche renovieren lasse. Diese Ankündigung weckte großes Interesse, denn eine Baustelle in allernächster Umgebung versprach Abwechslung im immer wieder als eintönig empfundenen Tagesablauf, und manche neue Erfahrungen in ganz anderen Wissensbereichen als jenen, die in der Schule gelehrt wurden. Die Präfekten und die als

Professoren im Gymnasium amtierenden Mönche sahen dieses Interesse nicht ungern. Die Internatsschüler wurden sogar eingeladen, an den schulfreien Mittwoch- und Samstagnachmittagen bei Hilfsarbeiten mitzuwirken. Jedem, der seine Arbeitskraft auf der Baustelle aktiv einbrachte, stellte der für den Internatskiosk zuständige Präfekt, jeweils am Abend eine Fünf-Schilling-Tafel Schokolade in Aussicht. Für manchen war eine Tafel Schokolade damals eine höchst attraktive Motivation. Wie der Präfekt jeweils die Hilfsbereiten identifizierte, war nicht immer klar; vermutlich erkannte er sie an der Staubschicht auf den Haaren und der schmutzig gewordenen Kleidung.

Zunächst war Einiges von der alten Bausubstanz abzubrechen. Vor Beginn der Renovierung wölbte sich eine tonnenförmige Decke über den Kirchenraum. Sie war vollflächig bemalt mit Ornamenten und Bildern aus der biblischen Geschichte im Nazarenerstil der zweiten Hälfte des neunzehnten Jahrhunderts. Von kleinen Beschädigungen abgesehen war kein einziger weißer Fleck zu sehen; insgesamt wirkte die Kirche düster und wurde durch die durchaus ästhetisch wirkenden Bilder nur wenig aufgeheitert. Heute hat der Kirchenbesucher freien Blick auf den schmucklosen, mit dunkler Holzschutzfarbe gestrichenen Dachstuhl. Um diesen Blick in die Höhe freizulegen, musste das imposante Tonnengewölbe abgebrochen werden. Den Bauarbeitern gelang dies in kurzer Zeit, denn es bestand nur aus verputzten Holzlatten, die an bogenförmigen hölzernen Stützkonstruktionen festgenagelt waren, die sich ihrerseits am Gebälk des Dachstuhls und an den Wänden abstützten. Nachdem die Bauarbeiter die Befestigungen gelöst hatten, krachte das gesamte Gewölbe mit viel Getöse und unter gewaltiger Staubentwicklung im Kirchenschiff zu Boden. Dass das Tonnengewölbe buchstäblich Fassade gewesen war, enttäuschte viele Schüler – sie hatten erwartet, dass die Decke Stein neben Stein zu einem tragfähigen Dachbogen zusammengefügt worden sei. Die Holzlatten waren also eine Enttäuschung. Außerdem erwiesen sie sich beim anschließenden Wegräumen des Schutts als äußerst gefährlich, denn überall aus dem Schutt ragten nun abertausende von Nägeln, die mühelos die dünnen Schuhsolen der den Schutt wegräumenden Jugendlichen durchdrangen. Die Internats-Krankenschwester wurde des Öfteren aufgesucht und ebenso oft stellte sie die Frage, ob der Verletzte wohl gegen Wundstarrkrampf geimpft sei.

Nach der Beseitigung dieser ersten Schuttberge kam wieder jede Menge neuer Schutt dazu, denn nun wurde auch noch der Verputz von den Wänden geschlagen. Obwohl dies eine höchst staubige Angelegenheit war, halfen viele Internatszöglinge wieder tatkräftig mit, denn nach Arbeitsschluss winkte ja Belohnung in Form einer Tafel Schokolade.

Mit jugendlicher Begeisterung brachten wir bei den weiteren Abbrucharbeiten unsere Körperkräfte brachial und mit kreativem Geschick zur Wirkung. Zum Beispiel beim Abbruch der Seitenkapellen auf der Südseite der Kirche. Diese Mauern bestanden teilweise aus großen runden Steinen, welche die Bauleute wohl aus der Bregenzer gewonnen hatten. Nach kurzer Zeit empfanden wir es als viel zu mühsam, diese Mauern mit Spitzhacken und Schaufeln von oben nach unten abzutragen. Wir entwickelten eine wesentlich schneller wirksame Methode, indem wir jeweils von unten her mit Spitzhacken und Brecheisen Steine und Mörtel aus dem Mauerwerk hebelten, bis dieses so weit auskragte, dass es von selbst herunterstürzte. Dann musste nur noch der lose Schutt weggeräumt werden. Diese Abbruchmethode war natürlich nicht ungefährlich. Es erforderte große Aufmerksamkeit, den Moment abzuschätzen, in welchem das jeweils bis zu zwei Metern auskragende Mauerwerk zusammenbrach. Beim Heraushebeln der Steine war größte Vorsicht geboten; wenn es kritisch wurde, durfte nur noch ein Einziger am Werk sein, damit man sich beim rechtzeitigen zur Seite springen nicht gegenseitig im Wege stand. Wäre einer unter das herabstürzende Mauerwerk geraten, hätte das sicher schwere Verletzungen zur Folge gehabt.

Da wir mit diesem Abbruchverfahren schneller vorankamen, als erwartet, kam der vom Kloster mit der Bauleitung beauftragte Pater Prior, um Nachschau zu halten. Vielleicht hatte er auch vor, die besonders fleißig werkenden Internatsschüler zu loben. Allerdings kam er just in einem Moment, als gerade ein Mauerteil einstürzte. Und wie es der Zufall so wollte, war wieder einmal gerade ich der Hauptakteur. Mit dem Brecheisen in der Hand wurde ich so-

zusagen auf frischer Tat ertappt, als Hauptverant-
wortlicher der Verantwortungslosigkeit bezichtigt
und entsprechend getadelt. Klarerweise verbot der
Pater unser höchst unterhaltsames Abbruchverfahren sofort, weil es viel zu gefährlich sei. Aus heutiger
Sicht muss ich natürlich zugeben, dass er Recht hatte. Damals jedoch fehlte uns die Einsicht. Nachdem
der Prior wieder weg war und seine Aufmerksamkeit
anderen Dingen zuwandte, wurde er einstimmig zum
Spielverderber erklärt und wir setzten unsere Mau-
erdemolierung wieder mit der um Vieles schnelleren
und vor allem weitaus spaßigeren Einsturzmethode
fort. Immerhin spricht es für unsere Umsicht, dass
sich trotz großer Gefahr außer Kratzern und blauen
Flecken niemand ernsthaft verletzte.

Sprung in die Tiefe: ein effektives Transportsystem
Bei einer anderen Gelegenheit galt es, einige
hundert Betonziegel über eine Treppe auf das Dach
der ehemaligen Sakristei zu tragen, von wo aus sie
mit einer einfachen Kranvorrichtung entlang eines
hölzernen Baugerüstes nochmals drei oder vier
Stockwerke in die Höhe gezogen werden sollten. Die
Kranvorrichtung bestand aus einem oben am Gerüst
befestigten kurzen Ausleger mit einer Rolle, über
welche ein Seil lief. Am einen ende des Seils befand
sich ein Haken am anderen ein dicker Knoten, der
verhinderte, dass sich das Seil versehentlich ausfä-
delte. Es wurde uns erklärt, wir sollten für das Hochziehen der Ziegel das Seilende mit dem Haken um einen Betonziegel schlingen und den Haken oberhalb

des Betonziegels im Seil einhängen. Danach sollten wir den Betonziegel hochziehen; Einer sollte ihn oben in Empfang nehmen und losbinden.

Auf diese Weise hievten wir eine ganze Weile, Betonziegel um Betonziegel nach oben. Wir waren zu dritt und mit der Zeit wurde uns diese Arbeit zu mühsam und zu langweilig, denn da der leere Haken zu leicht war, musste das Seil mit dem leeren Haken jedes Mal Hand über Hand weitergreifend wieder nach unten gefädelt werden. Dies ging so lange, bis Einer auf die Idee kam, jeweils drei Betonziegel an jenem Ende des Seils anzubinden, das sich gerade unten befand. Und um die verdreifachte Last leichter nach oben zu ziehen, könne man ja das Gewicht des gesamten Körper einsetzen, damit ginge auch das Hinunterführen des leeren Seilendes schneller. Man stellte sich also auf die dritte Etage des Gerüsts, ergriff das obere Ende des Seils und sprang hinunter. Die Geschwindigkeit des Springers wurde durch das gleichzeitig hochgezogene Gewicht der Betonziegel gebremst. Während des Sprungs hatte man für kurze Zeit in unbeschreibliches Gefühl der Schwerelosigkeit. Die Landung war leicht auszuhalten, wenn man sie mit den Knien abfederte. Allerdings waren beim Sprung einige Vorsichtsmaßnahmen zu beachten, denn mit der gleichen Geschwindigkeit, mit welcher der Springer nach unten sauste, sausten die drei Betonziegel nach oben. Damit man nicht von diesen getroffen wurde, musste man mit dem Seil fest in der Hand ein ganzes Stück weit hinausspringen. Bis man dann am Seil hängend wieder zurückpendelte, war man an den Betonziegeln vorbei und hatte die erste Gefahr überwunden. Unten angekommen durfte man keinesfalls vor lauter Freude über das bestandene Abenteuer das Seil loslassen, sondern musste warten, bis der Kollege am oberen Ende die Betonziegel sicher entgegen genommen und losgebunden hatte. Dann wurden am unteren Ende wieder drei Betonziegel angebunden und der nächste der Kollegen vom oberen Ende war an der Reihe, seinen Sprung vom Gerüst zu wagen. Diese sofort in die Tat umgesetzte Idee verband die sonst mühselige Arbeit mit dem aufregenden Abenteuer eines gebremsten Sprunges aus großer Höhe; außerdem ging die Arbeit schneller vonstatten.

Die für Springer und Zuschauer höchst unterhaltsame Transportmethode wollte sich keiner der Schulkollegen entgehen lassen. In Windeseile sprach sich die abenteuerliche Beschäftigung auf der ganzen Baustelle herum, jeder wollte Betonziegel auf den Turm transportieren. Es herrschte kein Mangel mehr an Arbeitskräften. Jede Menge Wagemutiger gesellte sich zu uns, wir waren nicht mehr nur zu dritt. Wir hätten Eintrittskarten verkaufen können. Der große Andrang hatte allerdings drei Folgen: Erstens bildeten die Wartenden eine immer längere Schlange, die schließlich bis auf das untere Ende der Treppe und in die Sakristei reichte. Das fiel natürlich auf. Zweitens blieben nun andere Tätigkeiten ungetan, weil sich die dafür eingeteilten Arbeitskräfte entfernt hatten. Das führte schließlich drittens dazu, dass der Prior, wie schon erwähnt, vom Kloster beauftragter Bauleiter, im Hauptberuf aber Latein- und Griechischprofessor am Gymnasium, Nachschau hielt, warum auf einmal alle Betonziegel schleppen wollten.

Ich muss an dieser Stelle einräumen, Latein und Altgriechisch waren nicht meine Lieblingsfächer, weshalb ich in diesen Fächern beim Unterricht hin und wieder unangenehm auffiel. Und wie es der Zufall wollte, war ausgerechnet ich wieder einmal an der Reihe, am Seil vom Gerüst in die Tiefe zu springen, als der Prior aus dem Treppenhaus auf das Dach der Sakristei trat. Es fiel mir noch kurz vor dem Absprung auf, dass er erstarrte, als er gerade mich, nicht gerade seinen Lieblingsschüler, vom Gerüst springen sah. Mindestens ebenso groß war mein Schreck, denn nun erwartete ich ein gerütteltes Maß an erzieherischen Maßnahmen der Extraklasse mit entsprechend weit reichenden Sanktionen. Aber es war zu spät zum Reagieren, denn ich hatte schon zum Sprung in die Tiefe angesetzt. Geistesgegenwärtig konzentrierte ich mich darauf, dass ich beim Sprung weit genug von den mir entgegenkommend in die Höhe sausenden Betonziegeln entfernt war. Unmittelbar nach meiner Landung, starrten mein Griechischprofessor und ich uns aus völlig verschiedenen Gründen schreckerstarrt in die Augen. Der Prior schickte in diesem Moment sicher ein Stoßgebet an alle zuhörenden Heiligen, dass ich, über den er ja Aufsichtspflicht hatte, nicht vor Schreck das Seil loslassen würde. Ich selbst dachte natürlich nicht einen Augenblick daran, denn ich war mir durchaus bewusst, dass dann die gerade hochgezogenen Beton-

ziegel wieder heruntergesaust und höchstwahrscheinlich auf und zusammen mit meinem Kopf zer-
schellt wären. Neben schweren Verletzungen hätte
das sicherlich auch lebenslanges Hohngelächter bedeutet, dessen war ich mir sicher.

Also hielt ich das Seil fest, bis die Kollegen am
oberen Ende des Aufzugs die Ziegel losgebunden und
sicher gelagert hatten. Darauf folgte ein allerseits
spürbares Aufatmen. Vielleicht aus Dankbarkeit gegenüber den vielen Heiligen, denen er kurz zuvor ein
Stoßgebet geschickt hatte, bekamen wir kein Donnerwetter zu hören. Stattdessen hörten wir wegen
unseres kreativen und Mut erfordernden Arbeitsver-
fahrens sogar ein paar anerkennende Worte. Andererseits fand der Prior dieses abenteuerliche Trans-
portverfahren zu gefährlich und verbot es zu unserem größten Bedauern mit sofortiger Wirkung. Mit
diesem Verbot verlor das Hochhieven der Ziegel natürlich mit einem Schlag seine Attraktivität und es
dauerte keine Viertelstunde bis diese Arbeitsstelle
verwaist war. Wie der Rest der Betonsteine nach
oben gelangt ist, entzieht sich meiner Kenntnis.

Unbekannte Gräber und alte Skelette

Es war eine klare Sache, dass wir Internatszöglinge uns für die Planung der weiteren baulichen Aktivitäten interessierten. Unter anderem wurde uns
erzählt, dass im Zuge der weiteren Renovierungsar-
beiten auch die geheimnisvolle Gruft mitten in der
Kirche erweitert werden sollte, in der seit vielen
Jahrzehnten die Äbte des Klosters beigesetzt wur-

den. Als die rechteckige, in der Erinnerung etwa sechs mal vier Meter große, mit Reliefs verzierten Marmorplatte abgehoben wurde, kam darunter eine gemauerte, wahrscheinlich etwa drei Meter tiefe Grube zum Vorschein. Auf ihrer dem Hochaltar zugewandten Längsseite befanden sich mit beschrifteten Steinplatten verschlossene, waagrechte Schächte, in denen eine ganze Reihe von Äbten bestattet lag. Den Gerüchten nach hatte man vor, auf der dem Hochaltar abgewandten Seite der Gruft ebenfalls solche Schächte einzubauen und so Platz für weitere Bestattungen zu schaffen. Mit dem auf der Baustelle vorhandenen Radlader sollten die Ausschachtungsarbeiten nach wenigen Stunden fertig sein. So wurde es erwartet. Doch es kam anders. Als der Fahrer des Radlader auf einer Schmalseite der Grube die gemauerte Seitenwand beschädigte, kam dahinter ein Sarg zum Vorschein, von dem vorher anscheinend niemand etwas gewusst hatte. Nichts an der Grubenwand hatte darauf hingewiesen, dass hier jemand bestattet lag. Bei einem gleich anschließenden weiteren Grabungsversuch auf der anderen Schmalseite der Grube kam auch hier eine Grabstätte zum Vorschein, von deren Existenz vorher niemand eine Ahnung gehabt haben wollte. Beim Graben hatte die Baggerschaufel beide Särge aufgerissen und die Gebeine der noch nicht vollständig verwesten Leichname waren etwas durcheinandergeraten.

Der Vorfall passierte kurz vor der Zehnuhrpause des Gymnasiums, die Botschaft über die zutage geförderten, anscheinend unbekannten Leichen in der

Äbtegruft verbreitete sich in Windeseile und wir Schüler strebten in Scharen aus der Schule auf die Baustelle. Mit grausigem Schaudern sahen wir die bleichen Knochen der seit Jahrzehnten in fast luftdicht abgeschlossenen Grabnischen vor sich hin modernden Mönche. Zwischen den Fetzen der graubraunen Kutten schienen noch halbverweste braune Fleischreste an gelblich-weißen Knochen zu haften. Im Kirchenraum hing ein unbeschreiblich penetranter Gestank, der sich mit dem Geruch der Holzschutzfarbe vermischte, mit welcher der Dachstuhl der Kirche vor wenigen Tagen gestrichen worden war.

Der tiefe Eindruck des Gesehenen mischte sich mit dem durchdringenden Geruchsgemisch zu einem unvergesslichen Erlebnis, das für viele wohl auch mit einem penetranten Ekelgefühl verbunden war. Dieses Ekelgefühl zeigte schon zwei Stunden später beim Mittagessen im großen Speisesaal des Internats eine unerwartete Wirkung. Es gab Kartoffelgulasch, das die Internatsküche meisterhaft zu kochen verstand und das bis dahin zu den Leibspeisen der meisten Internatsschüler gehörte. Bis zu diesem Tag wurde meistens mehrmaliger und gern nachgereichter Nachschlag aus der Küche angefordert; in der Regel blieb vom Kartoffelgulasch nichts übrig. An diesem Tag jedoch war es anders. Die gelblich-braunen Kartoffelstücke und die Fleischbrocken in der Gulaschsoße erinnerten uns zu sehr an die halbverwesten Fleischreste und die bleichen Knochen der kurz zuvor gesehenen Leichname. Und auch der Geruch steckte immer noch in der Nase. Noch viele Wochen danach kam diese Erinnerung wieder hoch, wenn Kartoffelgulasch auf den Tisch kam. Es dauerte ziemlich lange, bis wir wieder für das köstliche Kartoffelgulasch zu begeistern waren. Gewundert haben sich sicher die Köchinnen, dass diese vorher überaus beliebte Speise in großen Mengen unberührt wieder in die Küche zurückgeschickt wurde. Aber selbst mehrere Jahrzehnte nach dem Vorfall spürte ich beim Betreten der Klosterkirche ein leichtes Schaudern, beim immer noch in Spuren vorhandenen Geruch der Holzschutzfarbe, mit welcher damals das Gebälk des Dachstuhls behandelt worden ist. Wahrscheinlich kombinierte mein Unterbewusstsein den Geruch immer noch mit der Erinnerung an die halbverwesten Leichname.

Der Vorfall mit den bis dahin unbekannten toten Mönchen hatte wohl in weiteren Kreisen Aufsehen verursacht. Unter anderem zeigte das Vorarlberger Landesmuseum gesteigertes Interesse an der Kirchenrenovierung und daran, was sich wohl sonst noch unter dem Fußboden der Kirche verbarg. In der Folge beschränkten sich die Tiefbauarbeiten in der Kirche nicht mehr nur auf die Erweiterung der Äbtegruft. Nun wurde der Boden der gesamten Kirche aufgegraben und es kamen tatsächlich noch mehr Skelette zum Vorschein, allerdings wesentlich ältere, die vor Jahrhunderten beigesetzt worden waren. Bei den Grabungen wurden auch Fundamente von Vorgängerkirchen freigelegt. Denn die von den Zisterziensern gebaute Kirche entstand ja erst in den Jahren nach 1859 auf früheren Fundamenten. Die Kirche davor war abgerissen worden, als nach dem Jahr 1805 das Königreich Bayern im Zuge der napoleonischen Kriege Vorarlberg in Besitz nahm. Die bayerischen Behörden säkularisierten das bis dahin von Benediktinern besiedelte Kloster und schenkten es ihrer Königin, die anscheinend vorhatte, es in ein Lustschloss umbauen zu lassen. Im Zuge dieser Säkularisierung wurde die Barockkirche der Benediktiner abgebrochen. Viele der durch den Abbruch gewonnenen Steine wurden für den Bau des Hafens der Insel Lindau verwendet. Auf diese historische Tatsache machten uns Erzieher und Lehrer in der Mehrerau schon in den ersten Wochen aufmerksam. Bei Schulausflügen auf die Insel Lindau zeigte man uns die aus Sandsteinen gebauten Kaimauern, von denen einige heute noch Spuren aufweisen, welche auf ihre frühere Verwendung als Kirchenmauern schließen lassen. Bei uns Jugendlichen, von denen bis dahin noch kaum einer je an der unbedingten Autorität der religiösen Obrigkeit gezweifelt hatte, löste dies ungläubiges Kopfschütteln aus. Und auch Empörung, dass man damals eine Kirche säkularisiert und aus ihren Bausteinen die Kaimauern eines Schiffshafens errichtet hatte.

Ziemlich am Anfang der Ausgrabungen kam ein Skelett unter dem Portalbereich der Kirche zum Vorschein. Lange hielt sich das Gerücht, es handle sich um die körperlichen Überreste des Minnesängers Hugo von Montfort, der im vierzehnten und fünfzehnten Jahrhundert ein erfolgreicher Politiker im

Dienste der Habsburger gewesen sein soll. Gemäß unserem damaligen Geschichtsunterricht starb Hugo von Montfort 1423 in Bruck an der Mur, also mehrere hundert Kilometer entfernt mitten in der Steiermark. Uns Schülern war also nicht klar, weshalb man seine Gebeine gerade unter dem Fußboden der Mehrerauer Klosterkirche vermutete. Insgeheim äußerten einige der älteren Internatsschüler den Verdacht, dass man mit dieser Zuordnung des Skeletts vielleicht Gründe suchte, um weitere Grabungen in der Kirche zu rechtfertigen. Ein paar ganz böse Jungs erweiterten den Verdacht und meinten, dass vielleicht auch die Beschädigung der Gräber in der Äbtegruft nicht ganz unbeabsichtigt passiert sei und Argumente für die umfangreichen Ausgrabungsarbeiten beisteuern sollte.

Wie dem auch sei, jedenfalls wurden in den folgenden Wochen unter der Leitung von Dr. Elmar Vonbank, dem damaligen Direktor des Vorarlberger Landesmuseums, im gesamten Bereich des Kirchenraumes mehrere Meter tief archäologische Ausgrabungen durchgeführt. Es traten die Fundamente früherer Kirchen zutage, und wie es bei alten Kirchen zu erwarten war, etwa ein Dutzend weiterer Skelette. Ihrem Zustand nach mussten die Menschen, deren Gebeine nun wegen neugieriger Archäologen keineswegs ihre ewige Ruhe hatten, schon vor Jahrhunderten beigesetzt worden sein. Ihre Weichteile und auch ihre Kleidung waren zur Gänze verrottet. Im feuchten Sandboden, der ihre Skelette umgab, war lediglich noch ein anderthalb bis zwei Zentimeter breiter Streifen zu erahnen, dessen dunkelbraun-schwärzliche Färbung auf verrottetes Holz schließen ließ, das die Wandung ihres Sarges gewesen sein könnte.

Dr. Vonbank zeigte uns, wie die Skelette mit kleinen Lanzetten, Spachteln und Handbesen für die fotografische Dokumentation freizulegen waren. Wir widmeten uns mit Begeisterung, Akribie und stolzem Geschichtsbewusstsein dieser doch ziemlich viel Geduld verlangenden Tätigkeit. Die freigelegten Grundmauerreste der Vorgängerkirchen wurden ebenfalls mit Besen fein säuberlich gereinigt und alles fotografisch dokumentiert. Die Skelette wurden später einzeln in Kisten oder Schachteln verpackt und wegtransportiert. Man versicherte uns, dass sie nach genauer archäologischer Untersuchung später erneut zu ewiger Ruhe bestattet würden. Um für die heutige Krypta die nötige Raumhöhe zu schaffen, wurde der Boden zwischen den Grundmauerresten noch tiefer gegraben, danach erhielt die Grube einen Betonboden und einige Meter darüber, auf Höhe des heutigen Fußbodens der Kirche wurde eine Betondecke eingezogen. In der so entstandenen Krypta ruhen seit damals in Betonsarkophagen eine ganze Anzahl der früheren Äbte. Übrigens ließ sich der während der Kirchenrenovierung amtierende Abt Dr. Heinrich Groner, der auch unser sehr beliebter Chemieprofessor war, nicht in der neuen Krypta beerdigen sondern auf dem Klosterfriedhof bei den anderen Mönchen.

Das Relief über dem Kirchenportal

Seit der Kirchenrenovierung ziert ein etwa achtzehn Meter hohes Relief, das auf mehreren Ebenen religiöse Motive zeigt, den Bereich oberhalb des Kirchenportals. Es besteht aus gegossenem Beton, wobei deutlich zu sehen ist, dass die Urform aus mehreren Teilen bestand, die für die Herstellung des Gussnegativs stockwerkartig übereinander montiert wurden. Der Künstler formte in einem der ersten Arbeitsschritte die einzelnen „Stockwerke" des Reliefs aus massivem Ton, und zwar in einem Glashaus, das im Klostergarten direkt an der Gartenmauer auf der Seeseite des Klosters angebaut war, ziemlich nahe an jenem Tor, das vom Friedhof in den Klostergarten führt. Nach der Fertigstellung mussten die aufrecht stehenden Formen aushärten, bevor sie zur Herstellung des Gussnegativs verwendet werden konnten. Allerdings hätten beim Aushärten durch unterschiedlich schnelles Trocknen der einzelnen Relief-Bereiche klaffende Risse entstehen können. Um dies zu vermeiden, ließ sich der Künstler einen zuverlässigen Internatszögling empfehlen, dem er auftragen konnte, mindestens einmal am Tag alle die Oberfläche des Reliefs gegen zu schnelles Austrocknen mit Wasser einzusprühen. Aus für mich nicht nachvollziehbaren Gründen empfahl der damalige Subprior, Dr. Kolumban Spahr, mich für diese Arbeit. Mit meinen vierzehn Jahren war ich hocherfreut über diese als sehr verantwortungsvoll empfundene Aufgabe. Das Einsprühen der Tonplastik erforderte neben der zeitlichen Regelmäßigkeit auch das aufmerksame Beobachten des Trocknungsprozesses, denn einerseits musste sichergestellt sein, dass die Oberfläche permanent feucht blieb und nicht schneller trocknete als die inneren Bereiche. Andererseits durfte die Oberfläche nicht so nass gespritzt werden, dass sie in Form von Schlamm zu Boden floss.

Für meine Arbeit stellte mir die Gärtnerei des Klosters eine Handspritze zur Verfügung, wie sie damals zum Versprühen von Insektenschutzmittel verwendet wurden. Sie fasste etwa einen Liter Wasser und wenn ich sie leer gespritzt hatte, musste ich jeweils wieder vom Gerüst heruntersteigen um sie aus einem offenen Wasserfass zu füllen.

Zunächst machte ich mich täglich mehrmals ganz allein ans Werk und war mächtig stolz auf das in mich gesetzte Vertrauen. Ich fühlte mich mitverantwortlich für das Gelingen des Kunstwerks. Von so manchem Mitschüler wurde ich wegen dieser mir übertragenen Aufgabe beneidet. Besonders guten Kameraden gestattete ich nach einiger Zeit, mir beim Besprühen des Kunstwerkes zuzuschauen. Später machte ich es wie Tom Sawyer, als er den Zaun von Tante Polly malen musste: besonders Interessierten erlaubte ich, unter meiner Aufsicht und unter meinen kritisch korrigierenden Anordnungen, die Sprüharbeit zu übernehmen. Wie seit Jahrzehnten über dem Kirchenportal zu sehen ist, gelang es auf diese Weise ganz ausgezeichnet, die Urform des Reliefs rissfrei zu trocknen.

Mehr als 550 Fallschirmsprünge

Anfang Oktober 1969 hatte ich aus sportlicher Sicht einen meiner denkwürdigsten Tage. Erstens flog ich zum ersten Mal in einem Flugzeug mit und zweitens absolvierte ich bei dieser Gelegenheit meinen ersten Fallschirmsprung. Der Fallschirmspringerclub Silvretta war einige Monate davor gegründet worden und hatte erst seit wenigen Wochen die Genehmigung des Bundesamtes für Zivilluftfahrt, am Flugplatz Hohenems Fallschirmspringer auszubilden. Bis dahin mussten Sprungschüler und Lehrer nach Innsbruck oder Wels fahren. Hin und wieder fuhren sie diese langen Strecken vergeblich, weil die Schulung wegen starkem Föhn oder sonst widrigem Wetter abgebrochen werden musste. Als die Ausbildung in Hohenems möglich wurde, war ich bei den ersten Sprungschülern dabei. Gemäß behördlichen Vorschriften hatte ich in der ersten Ausbildungsphase zehn Sprünge mit automatischen Fallschirmen zu absolvieren, die durch eine im Flugzeug eingeklinkte Aufziehleine geöffnet wurden. Da diese Aufziehleine lediglich sechs Meter lang war, dauerte das Freifallgefühl nur wenige Sekunden, dann baumelte man schon unter dem Fallschirm. Die Sprünge mit automatischer Öffnung hatten unter anderem das Ziel, die selbst kontrollierte Körperhaltung im freien Fall zu erlernen.

Mein erster Fallschirmsprung war für mich mit einem vorher kaum je erlebten Hochgefühl verbunden. Noch ganz voll von diesen Eindrücken schrieb ich kurz danach spontan die sinngemäß in das folgende Kapitel übertragenen Zeilen.

Erster Flug – erster Fallschirmsprung

„Der Motor der viersitzigen Cessna 172 heulte auf. Ich saß auf dem Boden rechts neben dem Sitz des Piloten. Rechts von mir hätte eine Türe sein sollen, man hatte sie ausgehängt. Ich sah also direkt auf das Trittbrett über dem rechten Fahrwerksrad und schräg vor mir die Strebe vom Flugzeugrumpf zur Unterseite der Tragfläche. Anfangs hatte ich irgendwie das Gefühl, nicht sicher zu sitzen und mich vorne am Türrahmen festhalten zu müssen. Diese verkrampfte Haltung gab ich aber schnell auf. Als die Maschine beim Start beschleunigte, sah ich durch die offene Türluke zunächst direkt neben mir die Asphaltpiste; wenig später flitzten die Hangars des Hohenemser Flugplatzes, dann Wiesen und Bäume vorbei. An diesem von mir als abnormal heiß empfundenen Oktobernachmittag kühlte der Propellerwind wohltuend, obwohl er mir durch die offene Tür unerwartet energisch ins Gesicht blies. Er nahm mir fast den Atem und ließ meine Hosen flattern. Und er trocknete den Schweiß auf meiner Stirn, den routiniertere Fallschirmspringer beim Einsteigen in lästerndem Tonfall als Angstschweiß bezeichnet hatten. Mein Herz pochte gefühlt etliche Zentimeter höher als sonst, fast schon in der Höhe des Schlüsselbeins. Mit zunehmender Flughöhe machte sich auch ein seltsam aufgeregtes Kribbeln in der Magengegend bemerkbar, das sich bis zum Hals hinauf ausbreitete. Interessanterweise spürte ich jedoch keinerlei Angst vor meinem ersten Fallschirmabsprung, eher eine unbändig aufgeregte Neugierde, schließlich saß ich ja auch zum ersten Mal in einem Flugzeug.

Ich war viel zu sehr mit mir selbst beschäftigt und bemerkte erst als wir schon einige Meter Höhe gewonnen hatten, dass die Maschine gerade abgehoben hatte. Zunächst flogen wir in Richtung Norden über die Riedlandschaft am Stadtrand von Dornbirn. Mit zunehmender Höhe wurde der Gesichtskreis immer größer, der Horizont wanderte immer weiter hinaus - über Dornbirn, über Bregenz und über den Bodensee bis in die schwäbische Hügellandschaft. Wie eine Modelleisenbahn schob sich ein Schnellzug auf einer dicken schwarzen Linie durch das Rheintal. Die Menschen sah ich nur noch als kleine farbige Punkte. Vielleicht winkten einige von ihnen, dachte ich mir, aber dann zog der Flug wieder meine Aufmerksamkeit auf sich. Die Maschine neigte sich nach links und gewann in einer langgezogenen Kurve zunächst Richtung Western und danach Richtung Süden weiter an Höhe. Nun sah ich die Landschaft im Rheintal, die ich aus erdgebundener Perspektive sehr gut kannte, auf eine ganz neue Weise. Fast gemächlich schob sie sich in meinem Blickfeld weiter, sie wirkte ganz anders als ich sie jemals vorher gesehen hatte. Mich faszinierte das derart, dass ich eine ganze Weile überhaupt nicht an meinen bevorstehenden ersten Fallschirmsprung dachte.

Seit das Flugzeug über dem Bahnhof von Hohenems wieder in nördliche Richtung eingeschwenkt war, flogen wir wieder geradeaus, parallel zur Bundesstraße, parallel zur Bahnlinie und parallel zur Piste des Flugplatzes, der sich wieder in mein Blickfeld schob. Jetzt musste es gleich so weit sein, dachte ich mir. Der Sprunglehrer forderte mich auf, die Füße auf das Trittbrett hinauszustellen. Obwohl es zu erwarten war, überraschte mich der Druck, den der Fahrtwind auf meine Beine ausübte. Wenige Sekunden danach drosselte der Pilot den Motor und der Sprunglehrer rief mir ins Ohr: „Jetzt spring!". Ich wuchtete mich hinaus. In diesem Augenblick empfand ich "Wuchten" durchaus als zutreffenden Ausdruck, denn ich hatte das Gefühl, mich gegen den Fahrtwind stemmen zu müssen. Kopfüber ließ ich mich ins Leere fallen.

Die Erde raste auf mich zu.

Dieser erste Eindruck überwältigte mich derart, dass ich vergaß zu zählen, wie der Sprunglehrer es mir aufgetragen hatte. Von einundzwanzig bis dreiundzwanzig hätte ich zählen sollen, und zwar so laut, dass man es aus diesen fünfhundert Metern Höhe bis auf die Erde hinunter hören sollte. Aber mir ging in diesen Augenblicken alles viel zu schnell. Plötzlich spürte ich einen harten Ruck. Ich hatte das Gefühl, als ob mich eine Riesenfaust mit hoher Geschwindigkeit nach oben reißen würde. Der Ruck fuhr mir buchstäblich durch Mark und Bein; rasch sah ich nach oben und fand sofort die höchst beruhigende

Ursache für meinen Schock: Der Fallschirm hatte sich geöffnet.

Jetzt konnte ich mir in Ruhe die Welt von oben ansehen. Anfangs pendelte ich unter dem Rundkappenfallschirm derart stark, dass ich mehrmals glaubte, den Rand des Fallschirms waagrecht vor mir zu sehen. Aber das war natürlich eine Täuschung. Langsam nahm die Pendelbewegung ab, der Boden kam rasch näher. Eine Zeit lang fürchtete ich, genau auf dem Stab, der in der Mitte eines Heuschobers herausragte, zu landen, aber der Wind trieb mich weiter auf das mit Tüchern ausgelegte Zielkreuz zu. Ein schöner Zufall, fand ich. Ich nahm die Beine vorschriftsmäßig zusammen und winkelte die Knie leicht an, um mich elastisch abzufangen. Nun erschien mir meine Sinkgeschwindigkeit so langsam, dass ich glaubte, beim Aufprall gar nicht in die Knie gehen zu müssen. Ich kam jedoch nicht dazu, diesen Gedanken zu Ende zu denken und machte zum Glück auch die Beine nicht steif, denn schon prallte ich auf dem Wiesenboden auf. Jetzt hatte ich alle Hände voll zu tun, den Fallschirm auf die Arme zu nehmen, Gedanken zu ordnen und die Hände der Kameraden zu schütteln, die mir noch am selben Nachmittag scherzhaft den Hintern versohlen sollten, wie es damals nach dem ersten Fallschirmsprung üblich war."

Der freie Fall - ein Hochgefühl ersten Ranges

Nach zehn Sprüngen mit automatischer Öffnung sowie intensivem Lernen von Fallschirmtheorie und Luftfahrtgesetzen trat ich im Sommer 1970 zur ersten Fallschirmspringerprüfung an. Die Prüfung dauerte zwei Tage, und um sie abzunehmen, war ein Sachverständiger des Bundesamtes für Zivilluftfahrt von Wien angereist. Der theoretische Teil befasste sich mit allen wichtigen Kenntnissen über das Fallschirmspringen selbst, außerdem wurde detailliertes Wissen über Bestimmungen des Luftfahrtgesetzes verlangt. Das geforderte Wissen ging um einiges über jenen Bereich hinaus, der das Fallschirmspringen direkt betraf. Der Prüfling musste wichtige Zusammenhänge des Luftverkehrs verstehen und sich ohne Probleme im Luftverkehr einfügen können. Alles, was wir hier an Wissen beweisen mussten, war höchst interessant und wichtig; in den Monaten vor der Prüfung musste ich mich ziemlich intensiv mit den Lerninhalten auseinandersetzen, um die gestellten Fragen richtig beantworten zu können.

Nachdem ich meinen Fallschirmspringerausweis in der Hand hatte, sprang ich noch einige Male mit automatischer Öffnung. Nun benötigte ich dafür keinen Lehrer mehr. Allerdings stellten diese Sprünge meine sportlichen Vorstellungen schon nach kurzer Zeit nicht mehr zufrieden, deshalb begann ich mit der Ausbildung für die manuelle Öffnung des Schirmes. In dieser Ausbildungsphase konnte ich mich schon ab dem ersten Schulsprung nicht mehr auf die im Flugzeug eingeklinkte Aufziehleine verlassen. Es kam ohne Wenn und Aber ausschließlich auf mich selbst an. Ich musste mir bewusst sein: wenn ich das Aufziehkabel nicht selbst zog, würde ich im freien Fall ungebremst auf den Erdboden prallen. Ich gebe zu, dass mich diese unerbittliche Konsequenz beim ersten manuellen Öffnen des Fallschirms mit einer bis dahin nicht gekannten mentalen Hochspannung konfrontierte.

Wie allen Sprungschülern, die sich dieser doch etwas Nervenstärke verlangenden Situation aussetzten, hatte der Sprunglehrer auch mir eingeschärft, wie der Griff der Reißleine zu fassen und zu ziehen ist. Nämlich keineswegs mit einer hastigen, nur aus den Augenwinkeln kontrollierten Bewegung, stattdessen war ganz bewusst zu schauen, wo genau sich der Griff befindet, erst dann war der Griff zu fassen und mit einem kräftigen Ruck das gesamte Aufziehkabel aus dem Führungsschlauch zu ziehen. Diesen Blick- und Bewegungsablauf hatte ich immer wieder während der Sprünge mit automatischer Schirmöffnung geübt, was vom Lehrer auch genau beobachtet worden war. Ich war mir also bereits beim ersten Mal sicher, dass ich den Fallschirm selbst öffnen konnte. Genauso sicher, wie ich mir auch beim Autofahren sicher war, immer im richtigen Moment auf das Bremspedal zu treten.

Ich war ungeduldig, diesen für die weitere Ausbildung wichtigen Schritt endlich zu schaffen. Als ich dann ins Fallschirmgurtzeug geschlüpft war und dieses strammgezogen hatte, wartete ich neben der Maschine auf das Einsteigen. In den Minuten des Wartens empfand ich von Kopf bis Fuß Hochspannung; allerdings war es weder Angst noch Nervosität, eher eine durch und durch aufmerksame Neugierde. Einer meiner Sprungkollegen sah sich bemüßigt, mir beruhigend vorzurechnen, wie viele Sekunden mir im freien Fall bis zum Erdboden zur Verfügung stehen würden. Die gängige Faustregel lautete: In offener Freifallhaltung fällst du in den ersten drei Sekunden fünfzig Meter und danach jeweils in jeder Sekunde weitere fünfzig Meter. Wenn ich in tausend Metern Höhe aus dem Flugzeug ausstiege, meinte der Kollege, bräuchte ich bis zum Boden zweiundzwanzig Sekunden. Ich hörte seiner Berechnung nicht bis zum Ende zu, denn mein Sprunglehrer, blockte die Berechnung ab und forderte mich auf, jetzt ins Flugzeug einsteigen, es ginge gleich los.

Erster Fallschirmsprung mit manueller Öffnung

Diesen ersten Fallschirmsprung ohne die Sicherheit einer automatischen Öffnung des Fallschirmes absolvierte ich an einem Sonntag im September 1970. Ein knappes Jahr nach meinem ersten Flug und meinem ersten Sprung. Gedanklich hatte ich mich schon intensiv damit befasst, den Fallschirm selbst zu öffnen. Ich war mir sicher, dass ich während des freien Falles ganz besonnen als erstes schauen würde, wo genau sich der Öffnungsgriff befand, erst danach würde ich mit meiner rechten Hand den Griff fassen und mit ihm in einem Zug das Kabel aus dem Kabelschlauch ziehen. An diesem Kabel befanden sich die drei Splinte, mit denen der Fallschirmpack zugehalten wurde. Der Sprung verlief ganz ohne unvorhergesehene Zwischenfälle. Allerdings war er für mich ein Erlebnis, das mich während der darauf folgenden Tage höchst intensiv beschäftigte. Ich konnte fast nicht anders, als die noch ganz frische Erinnerung im hier folgenden Erfahrungsbericht zu Papier zu bringen:

„Am meisten Angst hatte ich üblicherweise im Wartezimmer des Zahnarztes als ich die surrenden Geräusche der Zahnbohrmaschine hörte. An diesem Sonntagnachmittag spürte ich zwar auch so etwas wie Angst. Allerdings hatte diese Angst nicht den geringsten Anflug einer Panik, es war eher jene Hochspannung, die man spürt, dass es jetzt endgültig darauf ankommt, im richtigen Augenblick das Richtige zu tun. Und wenn das nicht funktioniert, ist das tödlich, dann muss ich Augenblicke später gar nichts mehr tun. Da in den letzten Tagen einige meiner Kollegen ihren ersten Fallschirmsprung mit manueller Öffnung hinter sich gebracht hatten, lag es in der Luft, dass nun auch ich an der Reihe war. An diesem Tag war ich zunächst eingeteilt worden, im in einem ausrangierten, als Startwagen dienenden VW-Bus die landenden Segel- und Motorflugzeuge zu registrieren. Ich befasste mich gerade intensiv mit den Eintragungen in der Kladde, da tauchte plötzlich Bodo Burkhard auf, mein Sprunglehrer. Mit aufmunterndem Gesichtsausdruck fragte er mich, ob ich heute meinen ersten Fallschirmsprung mit manueller Auslösung machen wolle. Na klar wollte ich das, obwohl ich für einen Augenblick lang das Gefühl hatte, mein Herz sei mir in die Hose gerutscht, aber ich wollte meine Ausbildung vervollständigen. Ein richtiger Fallschirmspringer würde er erst dann sein, wenn ich alle Prüfungen bestanden hatte.

Ich wurde im Startwagen von einem Kollegen abgelöst und begab mich zum Packtisch um den Fallschirm zu packen. Sorgfältig prüfte ich, ob der Kabelschlauch mit dem Aufziehkabel keinen Schwanenhals bildete und ob die Gummiringe, welche das Auseinanderziehen der seitlichen Verschlussklappen des Fallschirmpacks beschleunigen, richtig eingehängt waren. Danach passte ich das Gurtzeug meinem Körper an, Hauptschirm auf dem Rücken, Reserveschirm vor der Brust, und vergewisserte mich, dass ich später während des freien Falls den Aufziehgriff leicht finden würde. Einer meiner Kameraden, der schon etwas mehr Erfahrung hatte, näherte sich und rechnete mir vor, dass ich im freien Fall zwölf Sekunden Zeit habe, den Aufziehgriff zu suchen und ihn dann zu ziehen. Das sei eigentlich ziemlich lange, und wenn ich mich richtig konzentriere, würde ich den Griff sowieso viel schneller finden und ziehen. Ich nickte zustimmend. Meine Gefühle beschäftigten sich bereits intensiv mit dem, was ich im freien Fall zu tun haben würde.

Der Sprunglehrer erschien und verscheuchte den wohlmeinenden Ratgeber und einige in unmittelbarer Nähe herumstehende Neugierige mit ein paar flapsigen Bemerkungen. Er legte mir die Hand auf die Schulter und erklärte mir in ruhigem Gesprächston, was ich bei diesem Fallschirmsprung zu tun habe. Den Piloten müsse ich nicht selbst einweisen, das würde er als Sprunglehrer übernehmen, ich müsse mich ausschließlich auf meinen Abgang von

der Maschine und den Griff des Aufziehkabels konzentrieren.

Ich überprüfte nochmals den Sitz des Gurtzeugs
und die Position des Griffs, dann setzte ich mich mit
einem etwas kribbelnden Gefühl im Bauch auf den
rechten hinteren Sitz der Cessna 172. Auf dem linken
Sitz hatte schon der Sprunglehrer Platz genommen;
sein rechtes, in einem Gipsverband steckendes Bein
hatte er etwas kompliziert unter dem Sitz des Piloten
untergebracht. Auf den Boden des Cockpits, dort wo
sich sonst der rechte vordere Sitz befand, setzte sich
ein Kollege, der einen Schulsprung mit automatischer Auslösung machen wollte. Die Umstehenden
wünschten mir mit nach oben gestrecktem Daumen
viel Glück, dann schob der Pilot den Gasstift nach
vorne, der Motor heulte auf und die Maschine beschleunigte und hob schließlich ab.

Wir flogen zunächst eine Runde über die Felder
südlich von Dornbirn und zwischen Lustenau und Hohenems, wo wir schließlich in nördlicher Richtung
einschwenkten. Über dem Zielkreis neben der Piste
hatten wir eine Höhe von fünfhundert Metern erreicht. Hier setzte Bodo den ersten Sprungschüler
ab, der wenige Dutzend Meter nach dem Absetzen
sanft unter seinem Rundkappenschirm baumelte.
Nun würde uns die Maschine in einer zweiten Runde
in achthundert Meter Höhe bringen. Das kribbelnde
Gefühl in meinem Bauch machte sich inzwischen
schon im Grübchen zwischen den Schlüsselbeinen
bemerkbar. Immer wieder sah ich zum Griff auf seiner linken Brustseite, um mich davon zu überzeugen,

dass er immer noch da war. Mehrmals, wie als Übung, fasste ich mit meiner rechten Hand nach dem Griff. Inzwischen gewann die Maschine in einer zweiten Runde immer mehr an Höhe, ich bemerkte nur nebenbei wie den Schatten der Maschine weit unten über Bäume, Felder und Häuser huschte, ungehindert von Fahrzeugen Straßen überquerte und ohne Brücken tiefe Gräben übersprang.

Über Hohenems wandte mir Bodo sein Gesicht zu und erinnerte mich nochmals daran, dass ich dieses Mal den Fallschirm selbst öffnen müsse. Ich nickte, setzte mich an die Türschwelle und stellte die Füße auf das Trittbrett hinaus. Während meine Blicke über die Berge, Felsen und Wälder am Ostrand des Rheintals streiften, beschäftigten sich meine Gedanken mit dem, was in den nächsten Sekunden zu tun hatte. Kurz darauf hörte ich, wie Bodo dem Piloten zurief, er solle das Gas wegnehmen, gleich darauf spürte ich Bodos Hand auf meiner Schulter. Das war das Zeichen, dass ich springen sollte. Ich griff mit der linken Hand an die vordere Türsäule, drehte mich nach links und fasste dann mit der rechten Hand nach der Flügelstrebe. So stand ich kurz auf dem Trittbrett, um meine Gedanken nochmals zu fassen, dann stieß ich mich mit Händen und Füßen zugleich ab.

Wie es mir eingeprägt worden war, streckte ich meinen Körper mit leicht angewinkelten Armen und Beinen durch. Ich war so überwältigt vom Gefühl des freien Falles, dass ich mich nicht einmal fragen konnte, ob ich dieses Gefühl genoss. Auf jeden Fall hatte ich nach kurzer Zeit das Gefühl, es sei höchste Zeit, den Fallschirm zu öffnen. Ich sah, dass der Griff dort war, wo er sein sollte, dann zog ich beide Hände gleichzeitig zu mir heran, fasste mit der rechten Hand den Griff und zog mit einer schwungvollen Bewegung das ganze Aufziehkabel aus dem Kabelschlauch. Während meine Hände auseinanderfuhren, sah ich das Kabel vor meinen Augen vorbeipeitschen. „Ich habe es!" schoss es mir durch den Kopf. Fast zugleich spürte ich den sanften Öffnungsstoß des Fallschirms.

Durch einen Blick nach oben vergewisserte ich mich, dass die Schirmkappe vollständig offen war. Das herausgezogene Aufziehkabel, das immer noch an meiner rechten Hand baumelte, stopfte ich zwischen Brustschirm und Bauch. Nur nahm ich das Gelände unter mir in Augenschein. Da ich den Fallschirm ziemlich schnell nach dem Aussteigen geöffnet hatte, blieben mir fast eineinhalb Minuten Zeit, einen Landepunkt möglichst nahe am Zielkreis anzusteuern."

Einige Tage später, beim zweiten Sprung mit manueller Öffnung war die gefühlte Spannung wesentlich geringer und mit der Anzahl der Sprünge wurde aus der Spannung ein durchaus gewollter, bleibender Respekt vor der Tatsache, dass mit freiem Fall nicht zu spaßen ist. Insgesamt erlebte ich in den folgenden Jahren mehr als 550 Fallschirmsprünge. Und das nicht nur auf dem Flugplatz Hohenems sondern auf verschiedenen Flugplätzen in mehreren Ländern, meistens am Tag einige Male auch bei Nacht. Prägende Erlebnisse waren auch eine ganze Reihe von Außenlandungen in Bergtäler, im Hochgebirge, aber auch in den Bodensee. Das alles ist schon lange her, aber noch heute zähle ich das Gefühl des freien Falles zu den höchsten Genüssen, die ich erlebt habe.

Als ich später als Sprunglehrer selbst Fallschirmspringer ausbildete, setzten wir für die ersten manuellen Ausbildungssprünge als zusätzliche Sicherheit einen Öffnungsautomat des Typs KAP-3 ein. Er verfügte über zwei voneinander unabhängige Öffnungsmechanismen, einen barometrischen und einen zeitabhängigen. Den barometrischen stellte man auf etwa fünfzig Meter unter jene Höhe ein, bei welcher der Springer den Fallschirm selbst öffnen wollte. Dabei war es wichtig, genau jenen Luftdruck zu berücksichtigen, der aktuell am Landepunkt herrschte. Deshalb wurde das Gerät beim Absetzflug davor in der Maschine mitgenommen und kontrolliert, ob die Öffnung in der eingestellten Höhe auslöste. Die Zeitauslösung, wurde durch eine am Flugzeug befestigte Schnur gestartet und auf Schirmöffnung knapp unter der barometrischen Auslösung eingestellt. Das KAP-3-Gerät gab zusätzliche Sicherheit, aber ich erinnere mich an keinen einzigen Fall, an dem der Sprungschüler nicht selbst den Fallschirm öffnete.

Vom Rundkappenschirm zum elliptischen Gleiter
Für die ersten Sprünge mit automatischer Auslösung hatte unser Club Rundkappen-Fallschirme des Typs Garant, ein tschechisches oder russisches Fabrikat. Später kamen auch T10-Rundkappen dazu, wie

sie die damals Fallschirmjäger der deutschen Bundeswehr benützten; sie hatten eine größere Fläche und sanken um einiges gemütlicher zu Boden als die Garant-Fallschirme, deshalb landeten die Springer auch wesentlich weicher. Allerdings hatte man mit den Rundkappen sehr eingeschränkte Manövriermöglichkeiten. Sie trieben einfach dorthin, wo der Wind sie hintrieb. Ihre Horizontalbewegung konnte man durch sogenanntes Slippen nur sehr wenig beeinflussen. Dazu musste der Springer eine oder mehrere Fangleinen auf jener Seite des Fallschirms herunterziehen, in die er den Schirm bewegen wollte. Das war eine kräftezehrende Angelegenheit und die Fangleinen schnürten einem trotz Handschuhen tief in die Finger ein. Bei niedrigen Temperaturen war das ziemlich schmerzhaft. Wenn man dann die Leinen zu schnell losließ, begann der Schirm zu pendeln. Geschah das in Bodennähe, hatte man natürlich eine härtere Landung.

Bei einigen Garant-Fallschirmen waren auf deren Rückseite einzelne Bahnen ausgespart. Die Luftströmung durch diese Schlitze bewirkte eine leichte Vorwärtsbewegung des Schirmes. Die Fangleinen außen an den Schlitzen hatten an ihrem unteren Ende Knebel oder Schlaufen. Zog der Springer an diesen Griffen die Fangleine herunter, veränderte sich die Richtung, in welcher die Luft durch die Schlitze aus dem Fallschirm strömte, dadurch drehte sich der Schirm und konnte so Kurven fahren. Später beschaffte sich der Club auch noch Schirme mit Aussparungen in Doppel-T- oder TU-Form, die eine etwas höhere Vorwärtsgeschwindigkeit erreichten. Mit einem solchen Schirm gewann ich 1974 das Zielspringen beim Paraskicup auf dem Bödele. Auch bei Außenlandungen in Berggebiete war die bessere Manövrierfähigkeit dieser Schirme von großem Vorteil.

Unser Vereinsgründer und in den ersten Jahren einziger Sprunglehrer, besaß einen Fallschirm vom Typ Para-Commander, ein Fabrikat der US-amerikanischen Firma Pioneer. Der Schirm war für uns damals das Nonplusultra. Prinzipiell handelte es sich immer noch um einen Rundkappenschirm; durch die beiden seitlichen Flächen erhielt er jedoch einen elliptischen Grundriss. Deshalb und wegen seiner anderen Eigenschaften bezeichneten wir ihn als elliptischen Gleiter. Er besaß mehr als ein Dutzend Steueröffnungen und Stabilisierungsschlitze, deren Form und Größe durch Ziehen an den beiden Steuerleinen verändert werden konnte. Der Scheitelpunkt des Schirms war nicht offen wie bei anderen Rundkappen, sondern geschlossen und wurde von einer zum Gurtzeug führenden Leine etwa einen halben Meter heruntergezogen. Dadurch erhielt der Schirm eine erheblich höhere Vorwärtsgeschwindigkeit als andere bis dahin bekannte Fallschirme. Damit die Vorderseite des Schirms wegen der höheren Geschwindigkeit nicht einklappte, reichte sie weniger weit herunter als auf der Rückseite. Dies trug zu einer weiteren Erhöhung der Vorwärtsgeschwindigkeit bei. Immerhin bewegte er sich laut Herstellerangaben mit viereinhalb Metern pro Sekunde gleich schnell vorwärts wie er abwärts sank. Der Fallschirm „flog", konnte man hier bereits sagen, denn aufgrund seiner Vorwärtsgeschwindigkeit und seiner Wölbung erreichte er in bescheidenem Ausmaß die aerodynamischen Auftriebs-Eigenschaften einer Tragfläche. Neben der projizierten Fläche des Fallschirms sorgte also auch seine Bauart für seine niedrige Sinkgeschwindigkeit.

Bei der Landung konnte man die horizontale Geschwindigkeit des elliptischen Gleiters durch Ziehen beider Steuerleinen stark verringern. Gleichzeitig erhöhte man dabei den Anstellwinkel und damit kurzzeitig den Auftrieb des als Tragfläche funktionierenden Fallschirms. Auf diese Weise konnte der Springer sehr sanft landen. Ähnlich wie beim Fliegen mit Flugzeugen bezeichneten wir das Erhöhen des Anstellwinkels als Aushungern. Allerdings durfte man dieses Manöver nicht in zu großer Höhe durchführen, denn dauerte dieses Aushungern zu lange, bestand die Gefahr, dass die Strömung durch die zu geringe Vorwärtsgeschwindigkeit abriss. Trat dieser Fall ein, war nur noch die projizierte Fläche des Fallschirms wirksam und die war ja kleiner als bei Rundkappenschirmen. Bedauerlicherweise landete der Springer dann nicht wie gewünscht mit einer Geschwindigkeit von viereinhalb sondern mit fast acht Metern pro Sekunde. Bei einer derart hohen Sinkgeschwindigkeit bestand natürlich die Gefahr von Knochenbrüchen.

In der Mitte der siebziger Jahre nutzten wir die aerodynamischen Tragflächeneigenschaften des elliptischen Gleiters noch auf andere Weise; wir ließen uns am Fallschirm hängend an einem langen Seil von einem VW Käfer in die Höhe ziehen. Heute nennt man das Parasailing, damals kannte man diese Bezeichnung noch nicht.

Gleich Anfang der siebziger Jahre kaufte ich mir einen ähnlichen Fallschirm, einen „Papillon 687" des französischen Herstellers EFA (Études et Fabrications Aéronautiques). Mit seiner Gleitzahl von 1,15 flog dieser Schirm also bereits schneller vorwärts als er zu Boden sank. Neben weißen und schwarzen Bahnen hatte der Fallschirm auch rote, gelbe, blaue und grüne Bahnen. Damit war er für einige Jahre der bunteste Fallschirm am Flugplatz Hohenems, und ich gehörte zu den auffälligsten Fallschirmspringern.

Seit vielen Jahren sieht man im Fallschirmsport fast nur noch rechteckige Flächenfallschirme. Sie sind mit ihren grandiosen Flugeigenschaften und ihren präzisen Manövrierfähigkeiten den modifizierten Rundkappenschirmen und elliptischen Gleitern weit überlegen. Die meisten von ihnen erreichen Gleitzahlen von mehr als eins zu sieben, das heißt, wenn sie einen Meter sinken, fliegen sie gleichzeitig mehr als sieben Meter vorwärts.

Außenlandungen im Gebirge und in den Bodensee

Zu den aufregendsten Erlebnissen gehörten für mich Sprünge außerhalb von Flugplätzen. Aus diesem Grund suchte ich beim Amt der Vorarlberger Landesregierung um eine Außenlandegenehmigung an. In den folgenden Jahren sprang ich dann so oft ich konnte in freies Gelände; ich musste mich nur um das Einverständnis des jeweiligen Grundstückeigentümers kümmern. Fast nie war ich bei meinen Außenlandungen allein, denn wenn ich zwei Kollegen suchte, um die Kosten der Absetzmaschine teilen zu können, meldete sich sofort eine Reihe von Interessierten. Und meistens sprangen nicht nur drei Springer ab, sondern drei Maschinen voll Springer. Außerdem machten sich immer genügend Freunde als Bodenmannschaft und Rücktransporter zur Landestelle auf, denn Außenlandungen versprachen immer wieder unerwartete, höchst aufregende Ereignisse.

Besonders attraktiv waren Außenlandungen in der Nähe bewirtschafteter Berghütten. So etwa bei der Gütler Skihütte im Dornbirner Firstgebiet in der Nähe der Hasengerachalpe. Hier landete ich auch bei meinem fünfhundertsten Fallschirmsprung. Das Berggasthaus Schuttannen oberhalb von Hohenems gehörte ebenfalls zu den Zielen, die wir bei unseren Außenlandungen immer wieder ansteuerten. 1977 errang ich hier bei einem der Vorarlberger Paraskicups unter widrigen Wetterverhältnissen, bei denen immer wieder Wolkenfetzen die Sicht beeinträchtigten, die Bronzemedaille in der Disziplin Zielspringen. Bei einem Paraskicup werden sowohl ein Riesenslalom als auch ein Fallschirm-Zielsprung bewertet. Den ersten Vorarlberger Paraskicup organisierten wir im März 1974 auf dem Bödele oberhalb von Dornbirn. Wie bereits erwähnt gewann ich bei dieser Meisterschaft die Goldmedaille im Zielsprung. Dieses eine Mal erzielte ich ein besseres Ergebnis als mein Sprunglehrer Bodo Burkhard; er wurde Zweiter und Fritz Reich Dritter. Im Mai desselben Jahres maßen wir unser Können bei den ersten Vorarlberger Landesmeisterschaften. Bei diesem Wettbewerb wurde ich Zweiter nach Karlheinz Bacher und vor Pierre Widmer.

Um den Piloten der Absetzmaschine besonders bei Außenlandungen korrekt einweisen zu können und den richtigen Punkt für den Ausstieg zu finden, warfen wir beim ersten Anflug über dem geplanten Zielpunkt einen Wind-Teststreifen ab. Das war ein mehrere Meter langer, etwa zwanzig Zentimeter breiter Streifen aus mehrfarbigem Krepppapier, an dessen einem Ende ein Drahtstück eingerollt und festgeklebt war. Dieser Teststreifen sank ähnlich schnell wie ein Springer am offenen Rundkappen-Fallschirm und wurde deshalb ähnlich weit vom Wind mitgetragen. Er wurde über dem gewollten Zielpunkt abgeworfen und beobachtet bis er landete. Die Strecke, die er vom Abwurfpunkt bis zur Landung zurückgelegt hatte, wurde gedanklich auf die gegenüberliegende Seite des Zielpunkts übertragen, dort befand sich der richtige Punkt für den Ausstieg der Fallschirmspringer aus dem Flugzeug.

Neben den vorher erwähnten Sprüngen ins Dornbirner Firstgebiet und nach Schuttannen hatten wir noch eine ganze Reihe weiterer interessanter Außenlandeziele. Viel Aufsehen erregten unsere Landungen zum Beispiel im Laternsertal, in Schönenbach oder in Hittisau. In Hittisau imitierten wir bei einem Manöver des Österreichischen Bundesheeres per Fallschirm einfilternde Spähtrupps. Die Manöverteilnehmer schossen eifrig mit Platzpatronen auf uns, während wir am Fallschirm niedersanken. Später am

Boden nahmen sie uns schließlich gefangen und chauffierten uns in ein Gasthaus, wo wir ausgiebig bewirtet wurden. Bewirtungen anlässlich unserer Außenlandungen schätzten wir natürlich schon, aber sie zählten bei der Wahl unserer Ziele nicht zu den ausschlaggebenden Argumenten. Eher suchten wir die sportliche Herausforderung oder eine spektakuläre Landschaft. Im Rheintal gehörten dazu zum Beispiel „Neu Amerika" zwischen der Mündung der Bregenzer Ache und dem Kloster Mehrerau oder die weite Ebene am Rohrspitz.

In der Bucht zwischen Rohrspitz und Rheinspitz, im sogenannten Wetterwinkel, landeten wir bei einigen unserer Wassersprünge. Wobei Wassersprünge besondere Vorkehrungen erforderten. So etwa trugen wir unter dem Gurtzeug aufblasbare Schwimmwesten, bei denen wir aber nur die Halskrause aufbliesen, damit das Gurtzeug stramm saß. Bekleidet waren wir nur mit Badehose und einem leichten Trainingsanzug und natürlich mit Springerstiefeln. Man musste darauf achten, dass man nicht gegen sondern in Windrichtung im Wasser landete, damit der Schirm nicht über sondern vor dem Springer niedersank. Ein nasser Fallschirm über dem Kopf hätte gefährlich sein können, denn sein nasses Gewebe ist praktisch luftdicht, man würde darunter jämmerlich ersticken, auch wenn man den Kopf über Wasser hat. Näherte sich der Springer der Wasseroberfläche, öffnete er in etwa zehn Metern Höhe zuerst den Brustgurt und dann eines der beiden Beinschlösser, kurz vor dem Auftreffen auf dem Wasser öffnete er das zweite und ließ sich aus dem Gurtzeug ins Wasser fallen. Im Wasser schwamm er gegen die Windrichtung zuerst ein kleines Stück vom Fallschirm weg und dann darum herum, um den Fallschirms oben im Zentrum zu fassen. Dieses übergab er dann jemandem von der Bergemannschaft, die den Fallschirm vorsichtig in das herbeigefahrene Begleitboot zog.

Einen speziellen Platz in meinen Erinnerungen hat die Außenlandung bei einem Fest des Hundesportvereins Rüthi im St. Galler Rheintal. Gemäß der Abdrift des Wind-Teststreifen stieg ich etwa dreihundert Meter westlich des Zielpunktes in einer Höhe von tausend Metern über dem Rheintalboden aus der Maschine. Geplant hatte ich zehn Sekunden freien Fall. Während des freien Falles jedoch erschien mir der Bauernhof am Boden plötzlich verdächtig nahe, und er näherte sich ungewöhnlich rasch. Kurz entschlossen öffnete ich sofort den Schirm und musste dann feststellen, dass ich ziemlich knapp über dem Dach des Bauernhofs hing. Augenblicklich wurde mir mein schwerer Fehler klar: ich hatte nicht berücksichtigt, dass der Bauernhof, über dem ich aus dem Flugzeug ausgestiegen war, auf einem zwei- oder dreihundert Meter hohen Hügelrücken lag. In die Erleichterung über den glücklichen Ausgang dieses Erlebnisses mischte sich die Erinnerung an meinen Sprunglehrer, der mir scherzhaft eingeschärft hatte: „Wenn du die einzelnen Gräser am Boden unterscheiden kannst, ist es höchste Zeit, den Fallschirm zu öffnen."

Im oberen Rheintal zwischen Sargans und Landquart liegt der Flugplatz Bad Ragaz. Klein, aber fein, so bezeichneten wir ihn damals. Von hier aus starteten zwei Vorarlberger, einer davon war ich, und ein Schweizer Kollege, der gerade die Fallschirmgrenadier-Rekrutenschule in Losone absolviert hatte, um anlässlich der Eröffnung eines Pferderennens in Maienfeld über dem Turniergelände abzuspringen. Unser Schweizer Kollege sollte bei dieser Gelegenheit einem Herrn Oberst der Schweizer Armee eine spezielle Meldung machen. Er erfüllte diesen Auftrag. Allerdings erst nach einem mehrminütigen Sprint, denn ein leicht föhniger Wind hatte ihn in ihn eine von ihm als sehr blamabel empfundene Entfernung vom Herrn Oberst verblasen. Sehr spektakulär war auch eine Außenlandung im Schigebiet Danusa oberhalb von Schiers im Prättigau. Beim diesem Sprung schätzten wir die Windverhältnisse nicht ganz richtig ein. Ich kam zweihundert Meter vom geplanten Zielpunkt ab und versank bei der Landung butterweich aber bis zum Brustkorb im tiefen Schnee. Der flockige Pulverschnee schien überall bodenlos, wo ich hinzutreten versuchte; eine höchst mühsame Angelegenheit. Nach einer mir endlos erscheinenden Zeit befreite mich schließlich ein Pistenfahrzeug der Schiliftgesellschaft aus meiner misslichen Lage.

Auf eine spezielle Art aufregend waren auch die Sprünge auf oder in der Nähe von größeren Flughäfen mit Linienflugbetrieb. So etwa wurden wir in Linz Hörsching beim Anflug zum Zielkreis von der Flugsicherung eingewiesen und erhielten zwischen dem

Start von zwei Linienmaschinen die Erlaubnis für unseren Sprung. Auch auf dem Flugplatz Sitterdorf im Thurgau, der in der Nähe des Flughafens Zürich Kloten liegt, musste der Pilot der Absetzmaschine für unsere Sprünge jeweils die Zustimmung der dortigen Flugsicherung einholen. Sitterdorf war für uns attraktiv, weil hier zeitweise ein leistungsstarker Pilatus Turbo Porter stationiert war, der ausgesprochen schnell große Höhen erreichte. Bei dieser Maschine hatte man das Gefühl, als ob man von einem rasanten Lift in die Höhe transportiert wurde.

Flugplatz-Dependance am Fußballplatz

An einem schönen Herbstwochenende verlegten wir den Sprungbetrieb auf den Fußballplatz der Parzelle Hirschbergsau bei Langen am nordöstlichen Ende des Pfänderrückens. Als Absetzmaschine flog Bodo eine Piper PA-18 Super Cup heran. Der Schulterdecker hatte, wenn ich mich richtig erinnere, 150 PS, welche die samt Insassen knapp 700 Kilo schwere Maschine mühelos auf der Länge des Fußballplatzes abheben ließ. In der Maschine hatte nur ein Springer Platz, der hinter dem Piloten saß. Beim Aussteigen musste der Springer die Türe aufdrücken. Damit ihm das gelang, musste der Pilot für kurze Zeit den Motor drosseln und so den Schub des Propellers verringern. Wir hielten den Sprungbetrieb auf diesem Fußballplatz während eines gesamten Wochenendes aufrecht. Zum Betanken des Motors hatten wir ein großes Blechfass Flugbenzin dabei, das wir mit einer handbetriebenen Flügelzellenpumpe in den Flugzeugtank beförderten. Wie es sich an einem Flugplatz gehörte, führten wir ganz ordnungsgemäß eine Start- und Landungskladde, in die wir alle Flüge und Sprünge gewissenhaft eintrugen. Obwohl immer nur ein Springer abgesetzt werden konnte, war unser externer Flugplatz eine Sensation für die umliegenden Dörfer.

Zwischenfall mit Reservefallschirm

Ausgezeichnete Bedingungen sowohl für Figurensprünge als auch für Formationssprünge genossen wir im Paracentro Ticinese am Flugplatz Locarno. An diesem Flugplatz standen immer starke Absetzmaschinen zur Verfügung, die uns rasch in die gewünschte Höhe brachten. Fast immer war ein fachkundiger Trainer am Platz, der uns durch ein fix installiertes starkes Fernglas beobachtete. Er behauptete, jede falsche Fingerbewegung des Springers beobachten zu können. Ich bin mir nicht sicher, ob er es wirklich derart genau sah. Sicher ist jedoch, dass ich mit seinen detaillierten Tipps in kurzer Zeit beachtliche Fortschritte im Figurenspringen erzielte, bei dem in festgelegter Reihenfolge möglichst schnell hintereinander Vorwärts- und Rückwärtssaltos sowie horizontale Drehungen zu absolvieren waren.

Beim Training für das Formationsspringen oder Relativspringen, wie wir es damals nannten, verließen mehrere, in unserem Fall jeweils vier Springer möglichst zu gleicher Zeit das Flugzeug und nahmen im freien Fall mit einander Kontakt auf. Durch entsprechende Körperhaltung und Handstellung passten wir die Fallgeschwindigkeit einander an und bewegten uns horizontal auf einander zu bis wir uns an den Händen fassen konnten. Je nach Geschicklichkeit der beteiligten Springer war für die Kontaktaufnahme mehr oder weniger Zeitaufwand nötig, denn man konnte dabei sowohl horizontal als auch vertikal zu schnell oder zu langsam unterwegs sein. Ich brauchte viele Übungssprünge bis die Kontaktaufnahme klappte, außerdem muss ich zugeben, dass ich die Disziplin Relativspringen nie wirklich meisterhaft beherrschte.

Bei einem dieser Übungssprünge, bei denen uns ein Pilatus Turbo Porter in dreitausend Metern Höhe absetzte, war ich von vier Springern die Nummer Vier. Wir hatten uns so organisiert, dass Nummer Eins und Nummer Zwei beim Aussteigen an der Türschwelle der offenen Schiebetüre kauerten, während Nummer Drei und Nummer Vier dahinter kauerten und die Aufgabe hatten, die vorderen zwei Springer aus der Maschine zu schieben. Damit waren wir schon zu Beginn des freien Falles nahe beieinander und benötigten nur kurze Zeit für die Kontaktaufnahme. Als ich wie besprochen meinen Vordermann aus der Maschine schob, streifte die Verpackung meines Fallschirms die obere Türkante. Darüber machte ich mir in diesem Augenblick jedoch noch keine Gedanken. Wie vereinbart nahmen wir miteinander Kontakt auf und ließen uns als Viererformation bis in eine Höhe von zwölfhundert Metern fallen. Dort trennten wir uns, jeder drehte sich 180 Grad um die vertikale Achse und brachte möglichst viel Abstand zwischen sich und die anderen Springer, damit er bei der Öffnung des Fallschirms in etwa fünfhundert Metern keinen der anderen behinderte.

Genau das hatte auch ich vor. Als ich jedoch wie sonst immer den Griff fasste, um das Aufziehkabel zügig aus dem Spiralschlauch zu ziehen, war die Bewegung nach etwa zwei Zentimetern blockiert. Das Aufziehkabel bewegte sich keinen Millimeter mehr. Ich ahnte schon, was geschehen war, aber im freien Fall bleibt keine Zeit für lange Erwägungen. Sofort drehte ich mich auf den Rücken und nahm mit leicht abgeknicktem Oberkörper eine stabile Freifallposition mit dem Rücken nach unten ein. Nun zog ich den Griff des an der Brust angebrachten Reservefall- schirms und gab ihm von beiden Seiten einen Stoß, damit er sich schneller entfaltete. Mit einem ungewohnt starken Ruck beendete er meinen freien Fall und ich pendelte unter der weißen Rundkappe meines Reservefallschirms. Obwohl ich sonst nicht immer so kaltblütig bin, bewahrte ich in diesen Sekunden überraschend kühle Nerven. Ich handelte nicht hastig, sondern bewusst und zudem noch sehr schnell, denn ich hing an meinem Reservefallschirm kaum tiefer als meine drei Kollegen. Mein Hauptfallschirm, unter dem ich hätte hängen sollen, war weitum einer der buntesten und entsprechend auffällig. Mein Reservefallschirm hingegen war weiß und bei dem etwas diesigen Himmel vom Boden aus nicht gleich zu sehen. Die Freunde am Boden sahen einfach nur drei Fallschirme, meiner fehlte. Sie befürchteten daher für mich das Schlimmste. Von oben aus sah ich sie aufgeregt durcheinanderlaufen. Ich rief hinunter um sie zu beruhigen. Als Erster wurde Christian Fischbacher auf mich aufmerksam, ein sehr engagierter Trainer, der auch mit Fallschirmen handelte. Noch bevor ich am Boden angelangte, rief er mir zu: „Martin, willst du nicht einen lenkbaren Reservefallschirm kaufen?" Ich rief zurück, dass ich diese Entscheidung auf später verschieben wolle.

Die Ursache des Fallschirmversagens war schnell gefunden: Als die Verpackung meines Fallschirms an der oberen Türkante der Absetzmaschine gestreift war, hatte diese den Splint des Aufziehkabels am obersten Kegel um fast neunzig Grad verbogen. Er ließ sich nicht mehr herausziehen. Damit war der Öffnungsmechanismus blockiert. Nach Klärung der Ursache überließen mich die Freunde jedoch nicht meinen Gedanken. Bevor ich ins Grübeln kommen konnte, sagte Christian: „Wenn du jetzt nicht sofort wieder springst, wirst du nachher wahrscheinlich nie mehr springen." Natürlich wollte ich wieder springen. Also wurde das beschädigte Aufziehkabel entfernt, ein neues Kabel eingezogen, ein gepackter Reservefallschirm in meinem Gurtzeug eingehängt und die geplante Reihenfolge der Fallschirmspringer über den Haufen geworfen. Ich saß bereits in der der nächsten Absetzmaschine und absolvierte erfolgreich und ohne Zwischenfälle meinen nächsten Relativ-Trainingssprung. Mein Unterbewusstsein reihte danach den Beinahe-Unfall in den nächtlichen Träumen unter die mit Bravour bewältigten Schwierigkeiten ein. Das Aufziehkabel mit dem verbogenen Splint hängt heute noch als außergewöhnliches Souvenir bei mir zu Hause.

Ausbildung zum Fallschirmsprunglehrer

Einige Jahre nach meinem ersten Sprung zählte mich unser Vereinsobmann offensichtlich zu den erfahrenen Fallschirmspringern, denn er schlug mir vor, mich am Flughafen Graz-Thalerhof zum Lehrer ausbilden zu lassen. Der Kurs dauerte eine Woche, Luftfahrtgesetz und Fallschirmtheorie waren ziemlich intensiv zu büffeln, aber es wurde auch jeden Tag mit wechselnden Rollen Schulung geübt. Höchst aufschlussreich war unter anderem der Praxistest, der uns am eigenen Körper zeigen sollte, weshalb bei Höhensprüngen über viertausend Metern Druckluft und Atemgerät erforderlich sind. Jeder musste sich dem Test stellen, bei dem wir unter Aufsicht durch eine Atemmaske ein Gasgemisch einatmeten, dessen Sauerstoffgehalt eine Höhe von sechstausend Metern simulierte. Während des Atmens musste jeder auf einem Blatt Papier das Wort „Fallschirmsprunglehrerlehrgang" so oft untereinander hinschreiben, bis er glaubte, sich selbst nicht mehr richtig unter Kontrolle zu haben. Diesen Moment sollten wir durch Senken des Daumens bekanntgeben. Mit einer Mischung aus Belustigung und ungläubigem Staunen, sahen wir, dass kein einziger von uns rechtzeitig das Signal zum Beenden des Versuchs gab. Stattdessen wollte jeder mit zunehmend guter Laune höchst motiviert weiterschreiben, obwohl das Geschriebene schon einige Zeilen lang nur noch ein unlesbares Gekrakel war. Das Experiment führte jedem von uns vor Augen, dass wir in größeren Flughöhen bei bester Laune und ungebrochenem Unternehmungsgeist unser Bewusstsein verlieren, ohne es zu bemerken.

Zum Praxisunterricht des Lehrgangs gehörten auch Nachtsprünge. Für mich zählen diese zu den aufregendsten Erlebnissen. Es war eine Taschenlampe mitzuführen; aber nicht etwa, um zum Erdboden hinunter zu leuchten, sondern um sich zu vergewissern, dass der Fallschirm richtig offen war. Danach war die Taschenlampe auszuschalten und nicht mehr zu benützen. Den Moment der Landung sollten wir anhand der dunklen Umrisse von Bäumen und Gebäuden richtig einschätzen lernen. Dass dabei beim ersten Mal jeder Probleme hatte, hörte ich an den gedämpften Aua-Rufen um mich herum. Aber es verletzte sich keiner.

Sprünge aus Helikoptern

Anfang der siebziger Jahre organisierte unser Club die österreichischen Staatsmeisterschaften im Fallschirmspringen. Neben vielen zivilen Sportlern aus ganz Österreich, von denen damals keiner einen Sponsor hatte, sondern die finanziellen Mittel für ihren Sport durchwegs selbst aufbringen musste, nahmen auch eine Reihe von Offizieren und Unteroffizieren der Heeres-Sport- und Nahkampfschule teil. Bei diesen gehörte Fallschirmspringen zum Dienst, deshalb bezweifelten einige zivile Springer deren Amateurstatus, allerdings blieben die Beschwerden erfolglos. Ich selbst war mit meinem damaligen Können noch nicht in der Lage, an den Meisterschaften teilzunehmen. Bei der Organisation wirkte ich jedoch kräftig mit und erfuhr dabei Einiges, das mir später bei Wettbewerben nützlich war. Als Absetzmaschinen flog das Österreichische Bundesheer Helikopter des Typs Augusta Bell ein, von denen jeder innerhalb von wenigen Minuten zwölf Springer auf tausend Meter Höhe brachte.

Am Nachmittag des zweiten Tages, als der Wettkampf vorüber war, hatten einige Vereinskollegen und ich die Möglichkeit, zum ersten Mal aus einem Helikopter zu springen. Man schärfte uns ein, bei diesem Sprung genauestens auf eine exakte Freifallhaltung zu achten. Ich wunderte mich über diesen Hinweis. Was er bezweckte wurde mir dann jedoch schnell klar. Da die Rotorblätter des Helikopters einen Abwind erzeugen, vermisste ich in den ersten Augenblicken des freien Falls den gewohnten Luftwiderstand. Nach einigen Metern im freien Fall kam der Luftwiderstand dann umso plötzlicher und zwar zunächst mit kräftigen Luftwirbeln. Unvorbereitet hätte man schon erschrecken können.

Später hatte ich noch mehrmals die Gelegenheit, Sprünge aus Helikoptern zu genießen, zum Beispiel einige Monate später bei den Tiroler Meisterschaften in Innsbruck, einem zweitägigen Wochenend-Großereignis mit massenhaft Zuschauern. Als Absetzmaschinen waren drei Helikopter des Österreichischen Bundesheeres engagiert. Besondere Attraktion für die Zuschauer waren die Frecce Tricolori, eine

Kunstflugstaffel der italienischen Luftwaffe. Mit mehreren Düsenjägern des Typs Fiat G91 T bewiesen sie mit atemberaubenden Kunstflugmanövern ihre Meisterschaft in dieser Disziplin. Am Ende des Sonntagnachmittags waren alle Flugbegeisterten in Hochstimmung, und so beschloss die Wettkampfleitung zur Feier des Tages noch einen Massenabsprung aus allen drei Helikoptern. Ich war mit Begeisterung dabei und ruck zuck waren 36 Teilnehmer bereit, die Maschinen hoben ab und gewannen schnell an Höhe.

In der allgemeinen Begeisterung hatte jedoch niemand an ein Briefing gedacht, bei dem zum Beispiel bestimmt worden wäre, wer in welcher Höhe den Fallschirm öffnen sollte, um beim Öffnen des Schirms andere nicht zu gefährden. So kam es, dass ich mich nach dem Absprung in einem Pulk von frei fallenden Springern befand. Alle waren so nahe, dass ich seitlich nirgends ausweichen konnte. Ich war froh, dass ich aus der dritten Maschine gesprungen war, deshalb fand ich mich im freien Fall etwas höher als die meisten anderen und hatte etwas mehr Überblick. Nach einigen Sekunden entfalteten sich schnell hintereinander mehrere Schirme schräg unter mir. An einigen sauste ich im freien Fall vorbei, bevor ich schließlich auch meinen Schirm öffnete. Aus allen Richtungen hörte ich begeisterte Jubelschreie. Bei einem benachbarten Springer ging die Begeisterung so weit, dass er die Kappentrennschlösser seines Fallschirms öffnete, sich im freien Fall nochmals ein Stück fallen ließ und dann seinen Reservefallschirm öffnete. An diesem schaukelte er dem Erdboden entgegen, während sein wie eine Fackel flatternder Hauptfallschirm mit den Metallteilen des Gurtzeugs voran genau auf einen Parkplatz zutrieb. Zum Glück beschädigte er kein Auto sondern ging in der Lücke zwischen zwei Autos zu Boden. Ich selbst landete auf einem schmalen Wiesenstück am Rande des Parkplatzes. Eine andere Wahl war mir nicht geblieben, wegen der vielen anderen Springer, die ebenfalls keine große Auswahl an Landemöglichkeiten hatten. Da wir vor dem Massenabsprung das Briefing unterblieben war, hatten wir ja auch nicht vereinbart, wer wo landen sollte. Wie dem auch sei, es passierte kein Unfall und so blieb die Begeisterung ungetrübt.

Unverzögerte Sprünge aus großen Höhen

Eines der herausragenden Fallschirmspringer-Originale war ein Dentist aus Wels. An einem Sommersamstag Anfang der siebziger Jahre plante er einen Weltrekord vom Flugplatz Hohenems aus: Er hatte die Absicht, in einer Höhe von 11.500 Metern aus dem Flugzeug auszusteigen und den Fallschirm sofort zu öffnen. Das hatte bis dahin noch niemand getan. Bodo Burkhard wollte bis in 10.000 Meter Höhe mitfliegen und ebenfalls am sofort geöffneten Fallschirm zu Boden gelangen. Als Absetzmaschine hatten die beiden für das ganze Wochenende einen Pilatus Turbo Porter gechartert. Da es in den Höhen, in welche die Zwei vordringen wollten, mit zweistelligen Minusgraden saukalt ist, waren beide in dicke

Wärmeschutzanzüge und entsprechend warm haltende Helme eingepackt. Sie waren auch mit Druckluftflasche und Atemgeräten ausgerüstet, da in Höhen über 4.000 Metern Pilot und Fallschirmspringer von der dünnen Luft mit zu wenig Sauerstoff versorgt werden. Bodo schien es beim Einsteigen in die Maschine nicht mehr ganz wohl gewesen zu sein, jedenfalls hörte ich ihn sagen: „Wenn ich nur schon wieder herunten wäre."

Es war klar, dass wir anderen jede Phase dieser beiden Höhensprünge beobachten wollten. Mit Ferngläsern legten wir uns rücklings neben dem Zielkreis ins Gras und sahen zu, wie die Maschine an Höhe gewann. Sie wurde immer kleiner. Man musste schon genau hinschauen, um sie nicht aus den Augen zu verlieren. Eine gefühlte Stunde, vielleicht auch länger, dauerte es, bis wir neben der Maschine ein zweites Pünktchen sahen. Das Pünktchen wurde größer und es wurde zur Gewissheit, dass es der Fallschirm von Bodo war, der dann eine ganze Weile brauchte, bis er im Zielkreis landete.

Währenddessen war das kleine Pünktchen, als das die Absetzmaschine noch erkennbar war, noch kleiner geworden bis endlich ein zweites kleines Pünktchen daneben erschien. Das musste der Rekordkandidat sein. Er blieb noch lange nur als kleines Pünktchen sichtbar. Erst nach einer ganzen Weile konnten es auch weniger scharfe Augen das Pünktchen als Fallschirm definieren. Allerdings bewegte sich dieser Fallschirm nicht zum Flugplatz, sondern trieb in Richtung Osten ab. Er musste in eine vorher vom Boden aus nicht geahnte Höhenströmung geraten sein. Schließlich verschwand er hinter den Bergen in Richtung Bregenzer Wald. Sofort startete der Gendarmeriehubschrauber, um die Suche aufzunehmen. Auch die Bergrettung wurde alarmiert. Außerdem näherte sich die Sonne im Westen den Schweizer Bergen und die Dämmerung setzte ein. Als es schließlich zu dunkel für eine Suche aus der Luft wurde, kehrte der Gendarmeriehubschrauber zurück.

Inzwischen waren schon einige Stunden vergangen. Wir saßen zusammen und beratschlagten, ob und wie wir die Suche in der Nacht möglichst erfolgversprechend weiterführen könnten, als ein dunkler Mercedes auf dem Parkplatz anhielt. Die Beifahrertüre wurde geöffnet, der vermisste Rekordkandidat stieg aus und holte seine Fallschirmausrüstung aus dem Kofferraum. Von allen Seiten wurde er Fragen bestürmt, was denn alles passiert sei. Er sei am Kirchplatz von Mellau im hinteren Bregenzerwald gelandet, erzählte er, und dann gleich vom Besitzer des Mercedes zum Abendessen eingeladen worden. Auf die Frage, warum er nicht am Flugplatz angerufen habe um die Suchaktionen zu stoppen, meinte er lapidar, es sei ja nichts passiert. Ich erinnere den Leser an dieser Stelle, dass es zwar damals noch keine Mobiltelefone gab, aber mit Festnetztelefonen war man landauf landab flächendeckend gut versorgt. Es wäre also für den Vermissten kein Problem gewesen, die Leute am Flugplatz zu informieren, dass er gut gelandet sei, dass man sich keine weiteren Sorgen machen müsse, und dass man eventuell bereits angelaufene Suchaktionen stoppen könne.

Ich bin mir heute nicht mehr sicher, ob der geplante Höhenrekordversuch wirklich anerkannt wurde. Am Flugplatz sprachen wir zwar viel darüber, aber in den Weltrekordtabellen konnte ich keine Bestätigung finden. Es erhebt sich dazu noch eine weitere Frage: der Pilatus Turbo Porter ist zwar ein Flugzeug mit sensationellen Leistungsdaten, aber in den mir verfügbaren technischen Unterlagen stehen als Dienstgipfelhöhe nur 8.800 Meter. Um die geplante Höhe von 11.000 Metern erreichen zu können, hätte die Maschine speziell ausgerüstet sein müssen. Vielleicht war sie es sogar.

Legendäre Springer – legendäre Sprünge

Ich lernte den Dentisten aus Wels Anfang der siebziger Jahre am Flugplatz Hohenems kennen und war auch dabei, als er von einigen seiner Sprünge erzählte und wir über seine nächsten Vorhaben diskutierten. Ich gewann den Eindruck, dass er trotz seiner Verwegenheit zu den besonnenen Zeitgenossen zählte. Trotzdem fiel mir auf, dass er Aktivitäten, von denen viele halsbrecherisch schienen, mit bemerkenswerter Unbesorgtheit in Angriff nahm, zum Beispiel einen Fallschirmsprung, bei dem er mit Skiern an den Füßen auf einem Gletscher landete, oder einen Sprung von der Europabrücke der Brennerautobahn auf die darunter hindurchführende Bundesstraße, auf welcher einige Kameraden für kurze Zeit die Autos gestoppt hatten. Mit seinem Sprung über eine

Felswand in den Dolomiten war er wohl auch einer der ersten „Base-Jumper", obwohl man damals diese Bezeichnung noch nicht kannte.

Bodo Burkhard, Gründer unseres Fallschirmspringerclubs, erster und einige Jahre lang einziger Sprunglehrer am Flugplatz Hohenems, war die treibende Kraft für unsere vielen Außenlandungen, besonders im Gebirge. Wohl deswegen, weil es bis Mitte der siebziger Jahre Bestrebungen gab, Fallschirmspringer für Rettungseinsätze in unwegsamem Gelände auszubilden. In diesem Zusammenhang sprang unser Vereinsobmann mehrmals mit einem Lawinenhund ab. Dabei hatte der Hund ein eigenes Gurtzeug, das während des freien Falls mit einem Karabiner am Brustgurt des Springers befestigt war. Sobald dieser den Schirm geöffnet hatte, löste er den Karabiner und ließ den Hund an einer Leine etwa vier Meter unter sich hinunter. Auf diese Weise war einerseits dafür gesorgt, dass der Hund sicher auf seinen vier Beinen landete, andererseits waren sich Springer und Hund bei der Landung gegenseitig nicht im Weg. Manche dachten, der Hund fürchte sich vielleicht, aber ich habe selbst gesehen, dass der Hund sich keineswegs sträubte. Eher hatte ich den Eindruck, dass ihm bei den wiederholt geübten Sprüngen das Einsteigen ins Flugzeug nicht schnell genug gehen konnte. Amüsant war anzusehen, dass der Hund bei der Landung bereits einige Meter über dem Boden zu laufen begann, obwohl er seine Beine noch gar nicht am Boden hatte.

Am Flugplatz Hohenems gab es auch eine Maschine mit Geschichte, nämlich eine Stinson L-5, auf deren Motorhaube beidseitig als Name „Spirit of Dorabira" prangte. Wahrscheinlich als Erinnerung an die „Spirit of Saint Louis", mit welcher dem Flugpionier Charles Lindbergh 1927 die erste Nonstop-Atlantiküberquerung von New York nach Paris gelungen war. Die Stinson L-5 war ein einmotoriger Schulterdecker, den die US-amerikanische Luftwaffe ursprünglich als Beobachtungs- und Verbindungsflugzeug eingesetzt hatte. Hinter dem Piloten war Platz für einen Passagier und hinter diesem erstreckte sich ein etwa zwei Meter langer Gepäckraum. Zum Ein- und Aussteigen musste der Passagier zuerst die obere Hälfte der Tür, die zugleich ein Fenster war, nach oben klappen und dort einrasten, dann konnte er die untere Hälfte der Türe nach unten klappen.

An das Absetzen von Fallschirmspringern hatten die Konstrukteure der Maschine wohl nicht gedacht, denn die Türe war zu eng. Aber es gab einen Trick: Erstens klappten wir die Rücklehne des Sitzes nach vorne, damit bildete sie mit dem Boden des Gepäckraumes eine Ebene. Zweitens banden wir die untere Türhälfte und die Gepäckklappe in der unteren Position fest. Nun konnte ein Fallschirmspringer liegend transportiert werden. Mit dem Oberkörper lag er auf der umgeklappten Sitzlehne, mit dem Unterkörper und den Beinen im Gepäckraum. Um den Piloten beim Anflug zum Absprungort einzuweisen, klopfte er ihm je nach Richtungswunsch rechts oder links auf die Schulter. Klopfen auf beide Schultern bedeutete, er solle für den Ausstieg des Fallschirmspringers den Motor drosseln. Der Ausstieg des Fallschirmspringers war ebenso ungewöhnlich, denn er rollte sich einfach seitlich aus der Maschine hinaus.

Mein persönlicher Höhenrekord 4.400 Meter

Der Pilatus Turbo Porter, der den Dentisten aus Wels und unseren Vereinsgründer bei ihren Höhensprüngen absetzte, war für das ganze Wochenende gechartert. Für einige Kollegen und mich bot sich damit eine ausgezeichnete Gelegenheit für einen Sprung aus 4.000 Metern Höhe. Die Maschine mit ihren extremen Kurzstart-Eigenschaften hob schon nach etwa 300 Metern und mit einer Geschwindigkeit von 75 Kilometern pro Stunde ab. Einmal abgehoben brachte sie ihre fulminanten Steigeigenschaften voll zur Wirkung, wir hatten buchstäblich das Gefühl, auf einer rasant schnellen Rolltreppe nach oben zu fahren.

Ich saß auf Platz eins am Boden und hatte die Aufgabe, den Piloten für den Anflug einzuweisen. Allerdings war ich mir nicht bewusst, dass es dazu genügte, den Kopf so weit aus der Schiebetüre hinaus zu halten, dass ich mich orientieren konnte. Stattdessen wollte ich, wie ich es vom Aussteigen aus unserer Cessna 172 gewohnt war, beim Einweisen des Piloten auf der Türschwelle sitzend die Füße auf das Trittbrett stellen. Aber es kam anders, denn ich hatte nicht mit der starken Luftströmung gerechnet, welchen der Propeller der mit voller Leistung steigenden Maschine erzeugte. Beim Anflug zum gewollten Ausstiegspunkt hatte ich dem Piloten ja noch keine Anweisung gegeben, die Fluggeschwindigkeit zu drosseln. Für mich, der zum ersten Mal mit einem Pilatus Turbo Porter flog, vollkommen überraschend, erfasste mich der Luftstrom mit voller Wucht und blies mich, noch bevor ich die Füße auf dem Trittbrett aufgesetzt hatte, aus der Türöffnung ins Freie.

Ich verließ die Maschine also nicht gerade in eleganter Freifallhaltung, trotzdem hatte ich die Geistesgegenwart, sofort die Stoppuhr zu starten. Damals besaß ich ja noch keinen Höhenmesser und musste je nach Ausstiegshöhe die Freifalldauer messen. Gleich nach dem Starten der Stoppuhr stabilisierte ich meine Freifallhaltung und hatte nun Zeit, mir die Landschaft anzusehen, in deren Mitte ich hineinfiel. Der Gesichtskreis war überwältigend. Appenzell, Bodensee, Feldkirch lagen anfangs schräg unter mir, bewegten sich jedoch immer schneller radial nach außen; ich hatte ich das Gefühl, in eine konkave Fläche hineinzufallen. Es überraschte mich, dass ich innerhalb der geplanten siebzig Sekunden Freifallzeit einiges unternehmen konnte. Unter anderem stellte ich fest, dass ich etwa dreihundert Meter zu weit westlich aus der Maschine ausgestiegen war. Einen Teil dieser horizontalen Strecke bewältigte ich im freien Fall in der Flash-Haltung. Als meine Stoppuhr sechzig Sekunden anzeigte, nahm ich für die restlichen zehn Sekunden eine offene Freifallhaltung ein, in der man am wenigsten schnell fällt. Bei siebzig Sekunden stoppte ich den Zeiger der Stoppuhr und öffnete den Fallschirm.

Aus dem Flugbuch des Turbo Porter Piloten ging hervor, dass er uns in einer Höhe von 4.400 Metern abgesetzt hatte. Diese Höhe blieb mein persönlicher Höhenrekord.

Im freien Fall auf Kollisionskurs

Figurenspringen war eine Wettbewerbsdisziplin bei Meisterschaften im Fallschirmspringen. Bewertet wurden die Präzision der Figuren und die Zeit, die er Springer im freien Fall für eine festgelegte Abfolge von Rotationen um die senkrechte und waagrechte Achse benötigte. Ich brachte es in dieser Disziplin zu keinen besonders herausragenden Ergebnissen, aber es machte Spaß und da wir zum Training und bei den Wettbewerben in 2.200 Metern ausstiegen, konnte ich lange den freien Fall genießen. Allerdings war die Maschine, eine Cessna 182, schon einige Zeit unterwegs bis sie die gewünschte Höhe erreichte. Bei einem dieser Sprünge hatte sich während des Steigflugs eine dünne Wolkendecke über den Flugplatz Hohenems geschoben. Einige Wiesen am nördlichen Ortsende von Hohenems sowie die Ortsparzellen Oberklien und Unterklien waren allerdings noch sichtbar. Durch die vielen Sprünge kannte ich die Landschaft um den Flugplatz Hohenems schon ganz gut aus der Vogelperspektive, ich traute es mir zu, am richtigen Punkt aus der Maschine auszusteigen. Außerdem hatte ich beim Anflug gesehen, dass die Basis der Wolkendecke geschätzte 700 Meter über dem Boden lag.

Für mich war damit klar, dass ich im freien Fall durch die Wolken und den Fallschirm erst darunter öffnen wollte. Das reizte mich nun ganz besonders an diesem Sprung. Nach dem Aussteigen absolvierte ich deshalb nur ein verkürztes Figurenprogramm, danach ging ich in offene Haltung über, um den freien Fall durch die Wolkenwatte genießen, die sich als gleißend weiße Fläche unter mir erstreckte. Plötzlich sah ich auf der Wolkendecke etwas Schwarzes genau im Kollisionskurs in meine Richtung rasen. Genau in der richtigen Richtung und genau in der richtigen Geschwindigkeit, um mit mir zusammenzuprallen. Ich erschrak heftigst. „Ausgerechnet mir muss so etwas passieren", dachte ich mir noch. Für weitere Aktivitäten reichte die Zeit nicht mehr, denn schon prallten wir zusammen, mein Schatten und ich.

Höchst nervös im Schwarzen Loch

Bis der Rhein als majestätischer Strom bei Rotterdam in die Nordsee fließt, hat er die lange Strecke von mehr als 1.230 Kilometern hinter sich. Rhein heißt der Fluss ab Reichenau, etwa elf Kilometer oberhalb von Chur, der Hauptstadt des Schweizer Kantons Graubünden, wo der Hinterrhein und der Vorderrhein zusammenfließen. Der Hinterrhein entspringt unterhalb des Rheinwaldhorns im Gebiet des San Bernardinopasses, der Vorderrhein am Oberalppass. Auf beiden „Rheinen" und auch auf einigen ihrer Zuflüsse finden Wildwasserfahrer sportlich aufregende Abenteuer und gleichzeitig landschaftlich überaus reizvolle Erlebnisse. Teilstrecken der Flüsse stellen jedoch entschieden selektive Herausforderungen auch an geübte Sportler. Wer allerdings kein total ahnungsloser Anfänger ist, zu Abenteuern aufgelegt, und obendrein die beim Wildwasserfahren üblichen Vorsichtsmaßnahmen beachtet, erlebt bei der Befahrung des Vorderrheins einen landschaftlichen Höhepunkt nach dem anderen.

Besonders reizvoll ist zum Beispiel die Befahrung der Strecke oberhalb von Versam. Sie wird meist in Ilanz begonnen und stellt etwas höhere Anforderungen an das sportliche Können. Auch routiniertere Fahrer geben zu, dass an manchen Stellen ihr Adrenalinspiegel sprunghaft ansteigt. Eine dieser Stellen nennen die Wildwasserfahrer das Schwarze Loch. Es befindet sich unmittelbar nach der Einmündung des Carrerabaches. Dieser meistens unscheinbar kleine Bergbach kann bei starken Regenfällen so viel Geschiebe mit sich führen, dass er das Flussbett des Vorderrheins beim Schwarzen Loch radikal verändert. In den Jahrzehnten, in denen ich als Wildwasserfahrer den Vorderrhein an die dreißig Mal befahren habe, war das mehrere Male der Fall. Meistens jedoch beschrieb der Vorderrhein unmittelbar an der Mündung des Carrerabaches zunächst eine scharfe Linkskurve und nach etwa hundertfünfzig spektakulären Metern mit einer Reihe von Walzen und Brechern schoss die Strömung direkt auf eine Felswand zu. Dort bildete sie ein beachtliches Prallpolster und bog in einer scharfen Kurve nach rechts ab. Gleich nach der Kurve fanden sich oft auch zwei oder drei bissige Kehrwässer, die schon manchen Kajakfahrer zum Kentern brachten, der sich schon in Sicherheit wähnte.

Seinen Namen hat das Schwarze Loch vermutlich deshalb, weil einerseits der Fluss hier eine einige Meter tiefe, höhlenartige Wölbung aus der Felswand herausgearbeitet hat, und andererseits weil die ansonsten fast überall weißen Kalksteinmassen der Flimser Schlucht, durch die sich der Vorderrhein seinen Weg gebahnt hat, gerade im Bereich dieser Höhle schwarz sind.

Je nach Laune der Natur konnten wir öfters erleben, dass der Fluss direkt durch die Höhlenwölbung floss. In anderen Jahren wiederum hatte das Geröll des Carrerabachs zusammen mit jenem des Vorderrheins die Höhle einfach mit einer riesigen Kiesbank zugeschoben. Dann prallte die scharfe Strömung einige dutzend Meter flussabwärts der Höhle gegen die Felswand.

Es dürfte im Sommer 1979 gewesen sein, als ich mich entschloss, mit einem Schlauchboot diese Strecke zu befahren. Mit einem Schlauchboot deswegen, weil ich ein Jahr davor mit einem selbst gebauten Polyesterkajak ein nachdrücklich frustrierendes Erlebnis gehabt hatte. Dabei war ich als noch ziemlich unerfahrener Kajakfahrer etwa zwei Kilometer oberhalb des Schwarzen Lochs gekentert. Ich konnte nur das Boot bergen, das Paddel war mit der raschen Strömung davongeschwommen und ich musste einige Stunden unterhalb der Brücke in der Nähe des Bahnhof Valendas-Sagogn warten, bis mein Paddelfreund Urs bis Versam weitergefahren war und mich danach mit seinem Auto wieder abholte. Mein Erlebnis als unfreiwilliger Schwimmer im kalten Vorderrhein, damals noch ohne schützenden Neoprenanzug, nur mit Turnschuhen, Badehose, Schwimmweste und Helm ausgerüstet, hatte mir fürs Erste die Schneid abgekauft.

Aber die Neugier über das Schwarze Loch ließ mich nicht in Ruhe; in Erzählungen und in der Paddelliteratur fiel es mir immer wieder auf. Ich wollte es befahren. Allerdings wollte ich möglichst nicht kentern und wählte deshalb ein Schlauchboot als Gefährt. Die hier folgenden Erlebnisse auf dem Vorderrhein zeigten mir, dass das Schlauchboot, das ich gewählt hatte, wegen seiner Bauart für die Befahrung eines verblockten Wildflusses völlig ungeeignet war.

Es war etwa einen Meter zwanzig breit. Das gefiel mir, denn damit würde ich nicht so leicht kentern. Gebaut war das Boot allerdings für die Befahrung von Seen oder Flüssen, bei denen keine Gefahr der Bodenberührung bestand. Es hatte am Heck einen hölzernen Spiegel, an dem ein Außenbordmotor befestigt werden konnte, und es hatte einen hölzernen Boden, der zwischen einem gummierten Textilgewebeboden und den seitlichen Schläuchen festklemmte, wenn diese aufgepumpt waren. Dieser Holzboden stellte sich dann auf dem Wildwasser als großes Problem heraus, denn bei jeder Bodenberührung, was bei der Befahrung von Wildwasserflüssen häufig vorkommt, schrammten Steine entlang des unter dem harten Holz gespannten Textilgewebes entlang und rissen es schon nach kurzer Zeit in Form sogenannter Dreiangel auf.

Also wieder zurück in den Frühsommer 1979: Peter, ein ebenso wie ich immer zu abenteuerlichen Unternehmen aufgelegten Jung-Erwachsener, und ich bestiegen mit dem bereits aufgepumpten Schlauchboot in Versam den Gepäckwagen der Rätischen Bahn. In Ilanz schleppten wir Boot und Ausrüstung vom Bahnhof zum Ufer des Vorderrheins und starteten unsere Fahrt durch die Flimser Schlucht. Vorne am Bug des Bootes kniete ich. Ich hatte die Aufgabe, als Navigator, Steuermann und Kapitän den Überblick zu behalten. Da ich mit einem Doppelpaddel ausgerüstet war, hatte ich außerdem für schnelle Reaktion beim Steuern des Bootes zu sorgen. Peter saß hinter mir. Er war mit einem Stechpaddel ausge-

73

rüstet, denn wir besaßen kein zweites Doppelpaddel. Als Schutzbekleidung stand uns ein zweckentfremdeter Taucheranzug aus elastisch beschichtetem Neoprenschaum zur Verfügung. Ich trug das Unterteil, den sogenannten Long John, Peter das Oberteil mit langen Ärmeln. Ich war also unten herum geschützt, Peter oben herum. Unsere weitere Ausrüstung bestand aus Turnschuhen, Schwimmweste und Helm.

Auf den ersten Kilometern machte uns der Ritt auf dem wilden Fluss großen Spaß. Schon nach etwa zweihundert Metern kam die erste steilere Stelle, wo wir inmitten von Walzen und Kehrwässern einer Reihe von Steinblöcken ausweichen mussten. Das ging zwar nicht ohne Kollisionen, sie wurden aber vom Schlauchboot problemlos verkraftet. Gleich danach mündete von rechts der Fluss Glenner in den Vorderrhein und sorgte mit seinem schiefrig grauen Wasser die nächsten paar hundert Meter für schlechte Sicht. Deshalb schrammten wir mehrmals über Steine hinweg, die ich als der verantwortliche Ausguck und Steuermann wegen des trüben Wassers nicht gesehen hatte. Vermutlich wurden dabei die ersten großen Fetzen aus dem Textilgewebe gerissen. Diese Schäden vergrößerten sich bei jeder Grundberührung und behinderten immer wieder unsere Steuermanöver. Dagegen konnten wir nun aber nichts mehr machen. Wir konnten auch niemanden um Rat fragen, denn es schien, als wären wir an diesem Tag ganz allein auf dem Fluss. Der Himmel war bewölkt, und die Lufttemperatur empfanden wir, da wir bereits von Kopf bis Fuß durchnässt waren, nicht gerade als warm. Schon bei den ersten großen Walzen war jede Menge Wasser das Innere des Schlauchboots geschwappt, Obwohl schon nach kurzer Zeit bis oben hin voll mit Wasser, machte es keinerlei Anstalten unterzugehen, es schien sogar stabiler im Wasser zu liegen. Außerdem waren wir ja ständig in Bewegung, der spritzige Fluss sorgte für Abwechslung und hielt uns immer wieder mit neuen Überraschungen auf Trab. Wir hatten wirklich viel Spaß und keinerlei Bedenken; es stand außer Debatte, dass wir unsere Fahrt bis zum Ziel auskosten wollten.

Nach einigen Kilometern rückte die Stahlkonstruktion der Straßenbrücke in der Nähe der Bahnstation Valendas-Sagogn ins Blickfeld. Nun konnte es nicht mehr weit sein zum sagenumwobenen Schwarzen Loch. Gleich links nach der Straßenbrücke hüpfte das Wasser eines kleinen Baches spritzig über eine angeschwemmte Rampe aus weißen Steinen in den Vorderrhein und erzeugte eine fast pastorale Stimmung. Aber nur wenige hundert Meter danach steigerte die Erwartung des herannahenden Schwarzen Lochs unsere Spannung. Wir wussten ja nicht genau, was uns davor noch erwartete. Zunächst ging es noch sehr übersichtlich geradeaus, dann folgten eine lang gezogene Linkskurve, dann wieder eine Gerade und eine lang gezogene Rechtskurve. Jetzt hatten wir wieder eine gerade Strecke vor uns, danach musste es scharf nach links gehen. Von da an würde es wohl mit der Ruhe vorbei sein. Irgendetwas da vorne sorgte dafür, dass die Strömung über die ganze Breite immer gleichmäßiger wurde. Nur beim Blick an die Ufer sah man, wie schnell sie uns unerbittlich weiterzog. Hinter den Bäumen am rechten Ufer wurde die Eisenbahnbrücke über den Carrerabach sichtbar. Das hieß, gleich würden wir da sein.

In wuchtigen Sprüngen schoss das Wasser in einer scharfen Linkskurve zwischen den Steinblöcken einer künstlich aufgeschütteten Rampe hindurch in das etwa eineinhalb Meter tiefer fließende Unterwasser. Mit etwas Hektik aber ohne nennenswerte Schwierigkeit steuerten wir unser Boot zwischen den Steinblöcken hindurch und platschten in das unruhig sprudelnde Kehrwasser hinter einem der Steinblöcke. Nach einer kurzen Verschnaufpause suchten wir dann, eifrig durch hohe Wellen, Brecher und Walzen paddelnd, den uns am besten erscheinenden Weg im stark verblockten Flussbett.

Das gelang überraschend gut, bis ein knapp überspülter Fels unser Boot beim Überfahren abrupt stoppte. Ich lehnte mich nach vorne aus dem Boot, um, im Wasser unterhalb des Blockes paddelnd, das Boot wieder in Fahrt zu bringen. Das funktionierte sogar. Das Boot kippte über den Fels in das Unterwasser, wo uns der Rücksog der Walze hinter dem Block mit einer derartigen Rasanz erfasste, dass ich das Gleichgewicht verlor und kopfüber vorne aus dem Boot stürzte. Unter Wasser herrschte ein höllischer Lärm, ringsum Schäumen und Sprudeln. Es dauerte sicher nur Augenblicke, kam mir aber wie eine kleine Ewigkeit vor, bis ich wieder an die Wasseroberfläche gelangte. Direkt vor mir sah ich den Bug des Schlauchboots. „Jetzt oder nie!" muss sich mein Unterbewusstsein gedacht haben, denn ohne lange nachzudenken gelang es mir mit einem einzigen Schwung, mich wider ins Boot zu wuchten. Dort lehnte Peter ganz verdattert und wie vor Schreck erstarrt am hölzernen Heckspiegel des Bootes, sein Stechpaddel quer über die Knie gelegt. Und das mitten in diesem wild tobenden Wasser. „Paddeln!", schrie ich ihn an - nach meiner eigenen Schrecksekunde. Mein eigenes Paddel hatte ich beim Sturz ins Wasser verloren.

Aber es war schon zu spät. Unser Boot rammte mit einer derartigen Wucht einen etwa anderthalb Meter hoch aus dem Wasser ragenden Felsblock, dass wir im hohen Bogen aus dem Boot geschleudert wurden. Das ging alles so schnell, dass keiner von uns beiden es bei vollen Sinnen erfasste, weshalb wir im Kehrwasser unterhalb des Felsblocks auf den Füßen landeten. Es musste wohl so sein, dass wir dabei einen Salto ausgeführt haben. Meine Vermutung hat einen stichhaltigen Grund, denn Peter, der hinten im Boot also sozusagen weiter draußen am Hebel gesessen war, wurde weiter geschleudert als ich. Leider waren keine Beobachter in der Nähe, deshalb bleibt dieses unbeabsichtigt durchgeführte akrobatische Kunststück unbestätigt.

Da standen wir also im Kehrwasser unterhalb des Felsblocks. Peter etwa eineinhalb Meter weiter flussabwärts, dort wo die Strömung wieder begann und ihn fortzureißen drohte. Er reichte mir sein Stechpaddel, das er immer noch in der Hand hielt, und ich zog ihn in den etwas ruhigeren Bereich des

Kehrwassers. Nun hatten wir Zeit, uns umzusehen: rechts und links starke Strömung und am Ufer weit und breit kein erreichbares Kehrwasser. Ich kletterte auf den Felsblock und stellte fest, dass das Boot von der Strömung quer an den Felsblock gepresst wurde. Alles Ziehen, Rücken und Drücken half nichts, ich brachte es nicht einen Millimeter von der Stelle. Nun hätten wir uns gewünscht, dass auch andere Wildwasserfahrer unterwegs gewesen wären, aber wir hatten schon den ganzen Tag keinen gesehen und auch jetzt kam keiner des Weges.

Peter kletterte zu mir ins Trockene auf den Felsblock. Wir konnten etwas verschnaufen, aber nach einer Weile wurde uns richtig kalt. Jeder von uns hatte ja nur einen halben Neoprenanzug an, und wegen der Schneeschmelze war die Wassertemperatur alles andere als gemütlich. Wir mussten aus diesem Fluss, bevor wir total auskühlten und nicht mehr handlungsfähig waren. Seitlich ans Ufer zu kommen, war auf den nächsten zweihundert Metern wegen der starken Strömung nicht möglich, erst danach ließen sich an den Ufern Kehrwässer erahnen. Es war also klar, dass unsere Schwimmpartie länger dauern würde. Diese Aussicht freute uns überhaupt nicht. Darüber hinaus galt es schon nach geschätzten fünfzig Metern Schwimmstrecke, einer uns furchterregend riesenhaft erscheinenden, mindestens zehn Meter breiten Walze mitten im Fluss auszuweichen. Ich befürchtete, dass uns ihr Rücksog längere Zeit festhalten könnte. Vielleicht länger als die Atemluftreserven in unseren Lungen reichen würden.

Das waren nicht sehr ermutigende Perspektiven, aber wir waren uns bewusst, dass wir ohne schwimmen nicht von diesem Felsblock wegkamen und dass wir nicht mit fremder Hilfe rechnen konnten. Wir sahen keine andere Möglichkeit. Angesichts dieser Walze waren wir uns allerdings nicht sicher, ob wir das überleben würden. Wir verabschiedeten uns von einander im Bewusstsein, dass es für immer sein könnte.

Ob und wie genau Peter durch die Walze kam, oder ob es ihm gelang, daran vorbeizuschwimmen, konnte er anschließend nicht mehr genau erklären. Ich selbst geriet in einen ihrer seitlichen Rücksogbereiche, aus dem ich mich mit ziemlich großer Anstrengung nach einer mir ewig erscheinenden Zeit befreien konnte. In der Strecke nach der Walze sahen wir an beiden Ufer zunächst keine Kehrwasser, die für uns als Schwimmer erreichbar waren, die Strömung zog uns zu rasch vorbei. Als wir es schließlich nach einigen hundert Metern doch schafften, brauchten wir eine längere Verschnaufpause. Wenigstens hatte sich inzwischen die Wolkendecke verzogen und die Sonne wärmte unsere ausgekühlten Glieder. Peter musste seine Schienbeine einige Male tüchtig angeschlagen haben, denn während er so dasaß, konnte man einer Reihe von blauen Beulen beim Wachsen zusehen, einige davon bluteten. Es muss ihm fürchterlich wehgetan haben, jedenfalls so weh, dass er nicht einmal die Fliegen verscheuchte, die sich auf die blutenden Stellen gesetzt hatten.

Als wir unsere Glieder wieder aufgewärmt hatten, wurde uns bewusst, dass wir uns am linken Ufer befanden, also auf der falschen Seite. Wenn wir zu Fuß zum Bahnhof Versam gelangen wollten, mussten wir irgendwie an das andere Ufer gelangen. Ich befreundete mich mit dem Gedanken an, nochmals eine längere Strecke zu schwimmen, um dann am rechten Ufer ein Kehrwasser zu erreichen. Peter lehnte dies ganz entschieden ab, ich konnte ihn nicht überreden, wieder ins Wasser zu gehen. Schließlich fanden wir uns damit ab, auf dieser Flussseite den beschwerlichen Aufstieg querfeldein durch unwegsames Gelände zur Straße nach Laax oder Flims aufzunehmen, da hörten wir Stimmen. Bei genauerer Nachschau trafen wir einen Angler, der mit Frau und Sohn seinen Sonntag am Ufer des Vorderrheins verbrachte.

Alle drei waren ziemlich verdattert, als sie uns zwei seltsam gekleideten Gestalten aus dem Gebüsch auftauchen sahen. Wir wollten die drei eigentlich nur um Auskunft über den für uns Fußgänger kürzesten Weg zu öffentlichen Verkehrsmitteln bitten. Ohne lange zu überlegen, bot uns der Fischer jedoch an, uns mit seinem Geländewagen zur Bahnstation Valendas-Sagogn zu fahren. Er warnte uns zwar, dass er über sehr schmale, ungepflegte und ausgesetzte Forstwege fahren müsse, trotzdem gingen wir gerne auf sein Angebot ein. Die Fahrt war wirklich spektakulär, teilweise schien der Weg schmaler zu sein als das Auto, und auf einer Seite des Weges drohte des Öfteren ein Abgrund. Der Geländewagenfahrer hingegen schien großes Vertrauen in sein eigenes Können zu haben. Er wusste bei jedem Hindernis wie auszuweichen war, und wurde der Weg zu schmal, gab er einfach Gas und fuhr so schnell, dass die Räder schon wieder auf festen Boden waren, bevor das Auto zu kippen begann. Später, beim Verabschieden, bemerkte ich an einem Abziehbild auf der Windschutzscheibe, dass der nette Herr eine Schweizer Meisterschaft im Geländefahren gewonnen hatte.

Wilde Flüsse auf Korsika

Anfang der achtziger Jahre war Korsika für viele Wildwasserfahrer, so etwas wie für die Wanderer in der Romantikzeit die vielbesungene legendäre „Blaue Blume". Das war sie auch für die Kajakfahrer des Vorarlberger Wildwasser Sportclubs, mit denen ich ungezählte sportliche und kameradschaftliche Höhepunkte erlebte. Keiner von uns hatte sich seine Fähigkeiten in einer regulären Kajakschule angeeignet. Clubs, die solche Schulungen anboten, gab es damals keine in der näheren Umgebung. Wenn ein Interessierter neu dazu kam, wie das bei mir 1978 der Fall war, so ging zunächst ein erfahrener Wildwasserfahrer mit ihm an ein ruhigeres Wasser, zum Beispiel an die Mündung der Bregenzer Ache, und brachte ihm die wichtigsten Fahrmanöver bei. Also wie man vorwärts, rückwärts und Kurven fährt. Und natürlich, wie man aus dem Boot aussteigt, wenn man gekentert ist. Die Fähigkeit, unter Wasser aus dem gekenterten Boot aussteigen zu können, war damals besonders wichtig, denn die Eskimorolle, mit welcher ein gekenterter Wildwasserfahrer durch die zeitlich abgestimmte Kombination eines Paddelschlags und eines Hüftknicks das Boot wieder aufrichtet, konnte in den ersten Jahren keiner von uns. Wer von uns kenterte, war gezwungen, aus dem Boot auszusteigen und schwimmend ein Kehrwasser am Ufer zu erreichen. Dort musste er zuerst das Wasser aus dem Boot ausleeren und konnte danach die Fahrt fortsetzen. Fast bei jeder Befahrung eines Flusses kenterte damals der Eine oder Andere. Das erzwungene Wildwasserschwimmen nach dem Kentern gehörte für uns zu den üblichen Erlebnissen.

Ach ja, bevor, der Neuling zum ersten Mal auf einen Wildfluss mitgenommen wurde, schärfte man ihm drei essentielle Verhaltensregeln ein. Erstens hieß es: nicht in zurückgelehnter Haltung paddeln sondern aufrecht oder sogar mit leicht vorgebeugtem Oberkörper, um immer sehr schnell reagieren zu können. Zweitens wurde dem Neuling eingeschärft, dass er, wenn er von der Strömung gegen ein Hindernis getrieben wird, sich nicht von diesem weg lehnen soll sondern zum Hindernis hin, um nicht von der auf die Unterseite des Bootes wirkenden Strömung umgeworfen zu werden. Und Drittens wurde dem Neuling empfohlen, im Falle einer Kenterung beim Schwimmen Boot und Paddel festzuhalten, damit die Kameraden bei der Bergung von Schwimmer und Material möglichst wenig Zeit verlieren.

Im Frühling 1981 reisten mehrere Mitglieder Clubs nach Korsika, um Wildflüsse auf diesem Gebirge im Meer, wie die Insel von Geologen oft bezeichnet wird, zu befahren. Motor und treibender Organisator unserer Reise war Wolf aus dem Silbertal. Er begann die Reise schon zu Beginn des Jahres zu planen. Als erstes musste jeder, der mitfahren wollte, tausend Schilling in eine gemeinsame Kassa einzahlen, damit er die Fähre von Nizza nach Bastia buchen konnte. Für die Finanzierung der Mautkosten, der Tankfüllungen und der Verpflegung organisierten wir eine gemeinsame Kassa, in die jeder den gleichen Betrag einzahlte. Immer wenn während der Reise Ebbe in der gemeinsamen Kasse drohte, forderte uns der Kassenwart auf, wieder einen bestimmten Betrag einzuzahlen. Zu den sieben Fahrern unseres Clubs gesellten sich noch zwei Jugendfreunde von Wolf. Der eine kam aus der Gegend von Stuttgart, ich nenne ihn hier Volker, den zweiten Robert. Er kam aus Wattens in Tirol. Auf dem Wildwasser lernte ich ihn als ausgezeichneten Fahrer kennen, der auch bei schwierigen Passagen mit souveräner Sicherheit stets die eleganteste Linie fuhr. Er kannte von früheren Reisen her bereits eine Reihe von Wildflüssen auf Korsika und wollte uns mit sachkundigen Hinweisen die Befahrungen erleichtern.

Im Gegensatz zu heute, wo man auf Wildflüssen fast nur noch kurze Kajaks mit zweieinhalb bis drei Metern Länge sieht, waren alle unsere Boote ungefähr vier Meter lang, was auf verblockten Strecken und beim Anfahren von engen Kehrwässern entsprechenden Krafteinsatz verlangte. Boote aus widerstandsfähigen Thermoplasten, wie sie heute üblich sind, waren eher selten. Von uns hatte nur Wolf, ein solches Boot, einen von Klepper aus Polyethylen hergestellten K3. Die Boote der anderen bestanden aus glasfaserverstärktem Polyester. An sich waren diese Boote auch sehr robust, aber immer wenn der Fahrer eines solchen Bootes versehentlich über einen knapp unter der Wasseroberfläche liegenden Stein schrammte, hörte er die mehr oder weniger laut knirschenden der knackenden Geräusche brechender Glasfasern. Das Boot war deswegen nicht kaputt, denn im glasfaserverstärkten Polyester waren ja hunderte von Glasfasern eingebettet. Aber einige dieser Fasern brachen bei Kollisionen mit Hindernissen. War die Kollision entsprechend heftig, konnten sich auch Risse bilden. Da ich damals fast an jedem freien Tag auf dem Wildwasser war, musste ich etwa alle zwei Wochen mein Boot reparieren. Zum Flicken unserer Boote hatten wir bei unserer Korsikareise eine gemeinsam genutzte Kiste mit Schleifpapier, Polyesterharz und Härter, Glasfasermatten, Rührgefäßen, Rührern und Pinseln dabei, und natürlich Gummihandschuhen.

Wir waren mit zwei Autos unterwegs. Das eine war einer dieser legendären Citroen CX mit der berühmten Haifischschnauze. In ihm saßen vier der sieben tatendurstigen Wildwasserfahrer, auch ich. Das zweite Fahrzeug war ein in Eigenregie zum Campingbus ausgebauter VW Bus, der schon bei der Fahrt über den San Bernardino seine ersten Schwächen zeigte, denn voll beladen wie er war, schaffte er die Aufwärtsfahrt durch die Via Mala nur im Schneckentempo. Dafür bewies er nach dem San Bernardino Tunnel bei der Abwärtsfahrt über die lang gezogenen Kurven seine ausgezeichnete Straßenlage.

Via Chiasso verließen wir die Schweiz und wählten auf dem Mailänder Ring die Richtung Alessandria. Einige Stunden später fuhren wir bei Ventimiglia, also noch vor der französischen Grenze von der Autobahn ab und über kurvige Landstraßen in das Tal der Roya in Frankreich. Inzwischen war Mitternacht vorbei; irgendwo stellten wir die Autos am Straßenrand ab, um den Rest der Nacht zu schlafen. Die einen im Schlafsack in der Wiese; ich legte mich im Auto quer über die Vordersitze. Ich war so müde, dass ich gar nicht bemerkte, in welcher verdrehten Haltung ich lag; am Morgen erwachte ich, weil jeder Einzelne meiner Knochen und Muskeln über die Misshandlung in der vergangenen Nacht protestierte. Am Morgen bemerkten wir außerdem, dass wir in der dunklen Nacht einen gefährlichen und äußerst ungemütlichen Schlafplatz gewählt hatten; direkt an einer viel befahrenen, kurvigen Straße. Hier war kein Platz für ein gemütliches Frühstück. Wir brachen sofort auf und nahmen ein Stück flussaufwärts neben einer hohen Brücke über die Roya ein Stehfrühstück zu uns. Gemütlich war es auch nicht, es war kalt, jeder trat von einem Fuß auf den anderen und jedem schauderte es bei dem Gedanken, nächstens mit dem Wildwasserkajak im kalten Wasser der Roya unterwegs zu sein. Auch das Wasser aus dem Brunnen am Straßenrand war saukalt.

Gorges de Daluis

Die Fähre von Nizza nach Korsika war erst für den nächsten Tag gebucht, wir hatten also an diesem Tag noch Zeit, den einen oder anderen Wildfluss in der Nähe von Nizza zu befahren. Wolf Kessler hatte die Reise absichtlich durch das Tal der Roya geplant und wollte uns trotz Kälte dazu ermuntern, jetzt gleich diesen Fluss zu befahren. Keiner von uns fühlte sich jedoch durch den Morgenkaffee richtig aufgewärmt, durch das schattige Tal zog eine feuchtkalte Brise und unsere klammen Finger steckten tief in den Hosentaschen. Wir bibberten in der Morgenkälte vor uns hin und bei niemandem außer Wolf wollte sich großer Tatendrang einstellen.

Wir besichtigten die wuchtige Schwallstrecke unter einer hohen Bogenbrücke ausgesprochen skeptisch. Jeder der hier fuhr, würde richtig nass werden, das war sicher. Laut Beschreibungen sollten die Schwierigkeitsgrade auf diesem Streckenabschnitt zwischen Vier und Vier Plus liegen. Für Könner bedeutet so etwas Genuss; bei anderen Temperaturen wäre das auch bei uns so gewesen, aber dieser feuchtkalte Morgen in diesem schattigen Tal lud nicht gerade dazu ein, nass zu werden. Schließlich fanden wir, wir seien in den Süden gefahren, um höhere Temperaturen zu genießen als zu Hause.

Nach längerem Hin und Her entschieden wir uns, den Tag zuerst etwas wärmer werden zu lassen und uns den Fluss Var oberhalb von Nizza näher anzusehen. Nach diesem Fluss ist zwar das französische Departement Var benannt, er fließt jedoch nirgends in diesem Departement, sondern auf der gesamten Strecke im benachbarten Departement Provence-Alpes Côte d'Azur. Ursprünglich war das anders, aber irgendwann in der Mitte des neunzehnten Jahrhunderts legten die Regierenden im fernen Paris die Departementgrenzen neu fest. Augenscheinlich war ihnen dabei nicht besonders wichtig, ob der namengebende Fluss Var tatsächlich durch das Departement Var fließt. Es soll heute noch Einheimische geben, die darüber mit einem amüsierten „ZZZ" den Kopf schütteln

Einige Kilometer oberhalb von Entrevaux durchbricht der Var eine umwerfend eindrucksvolle tiefe Schlucht mit roten Felswänden, die Gorges de Daluis. Dieser etwa sechs Kilometer langen Schluchtstrecke galt heute unser besonderes Interesse. Es war mittlerweile Nachmittag geworden und schön warm; auch die Wassertemperaturen waren so, wie wir es von einem südfranzösischen Fluss erwarteten. Höchst beeindruckt waren wir schon von der spektakulär an die westliche Schluchtwand angeschmiegten Straße, auf der wir mit den Autos zum oberen Ende der Schlucht fuhren. Wir mussten die Boote über einen steilen Pfad zum Fluss hinuntertragen. Die anschließende Fahrt durch die Schlucht ließ uns diese Mühe jedoch schnell vergessen. Die Schluchtstrecke gehörte für mich landschaftlich zu den aufregendsten, die ich bis dahin befahren hatte. Den Schwierigkeitsgrad schätze ich aus heutiger Sicht auf Drei, einzelne Stellen mit Vier. Außer Heinz, dem der Fluss tief unten in der Schlucht beim Blick von der Straße aus etwas unheimlich war, genossen alle die Fahrt mit dem Kajak. Er chauffierte den VW Bus zum unteren Ende der Schlucht und wartete dort auf einer langgestreckten Kiesbank auf uns. Als er dann nach unserer Ankunft hörte, wie wir noch eine ganze Weile von diesem Erlebnis schwärmten, tat es ihm leid, dass er das versäumt hatte. Für mich war die Aussicht auf eine nochmalige Befahrung sehr reizvoll, deshalb bot ich mich ihm als Begleitung an, wenn doch noch fahren wolle. So kam ich nochmals in den Genuss dieser grandiosen Schlucht, die mir bei meiner zweiten Befahrung gleich mehrere aufregende Ansichten erschloss, die in der Aufregung der ersten Fahrt übersehen hatte.

Während Heinz und ich in der Schlucht unterwegs waren, hatten die Anderen am bergseitigen Rand der Kiesbank einen Lagerplatz für die Nacht organisiert. Als sich dann der Hunger meldete, fanden wir, dass zu einem Abendessen in Südfrankreich unbedingt ein passender einheimischer Rotwein gehört. Wir stiegen deshalb etwa eine halbe Stunde bergauf in das nächstgelegene Dorf. Der Wirt eines kleinen Gasthauses war hocherfreut über unser Interesse und bot uns einige Rotweine aus seinem Sortiment zur Verkostung an. Sie waren ausgezeichnet, fanden wir, und blieben ein bisschen länger als ursprünglich gedacht. Heini, Heinz und Wolf, die am Lagerplatz geblieben waren, machten lange Gesichter und gaben einige lästernde Bemerkungen von sich, als sie von unserem Erlebnis hörten. Sie hatten inzwischen gekocht. Geschnetzeltes mit Nudeln, die in einem großen Topf zusammengerührt waren. Es roch ganz gut, aber einer meinte, der Anblick des Gemischs erinnere ihn an das Futter, das seine Mutter immer dem Hund vorsetze. Auf diese Bemerkung hin verging den meisten Anderen den Appetit und trotz des Protests der Köche weigerten wir uns, das Geschnetzelte zu essen.

Robert und Jack empfanden nun statt Hunger eher Durst und stiegen nochmals ins Dorf auf. Aus ihrer lautstarken Rückkehr nach Mitternacht schlossen wir, dass sie offensichtlich ziemlich zu viel Wein getrunken hatten. Außerdem beschwerten sie sich, dass ihnen der Wirt dieses Mal nicht mehr seinen besten Wein vorgesetzt habe. Wegen alkoholbedingt eingeschränktem Gesichtsfeld fand Jack trotz intensivem und geräuschvollem Suchen seinen Schlafsack nicht. Nach längerem Lamentieren, mit dem er inzwischen alle Schläfer geweckt hatte, ergriff er einen Campingstuhl und stellte ihn in einiger Entfernung auf die Kiesbank am Ufer des Var, um auf dort den Rest der Nacht zu verbringen. Am Morgen rochen wir schon von Weitem, wo auf der Kiesbank Jack die Nacht verbracht hatte. Je näher wir ihm kamen, umso penetranter wurde der Gestank des Weines den sein revoltierender Magen in der Nacht wieder von sich gegeben hatte. Der übermäßige Alkoholgenuss zeigte in den nächsten Tagen bei Jack und Robert höchst unterschiedliche Wirkungen. Jack entwickelte während der gesamten Reise eine entschiedene Abneigung gegen jede Art von Alkohol, während Robert höchst amüsiert seinen Alkoholkonsum in den nächsten Tagen noch weiter steigerte.

An diesem Morgen brachen wir zeitig auf, denn wir wollten pünktlich die Vormittagsfähre von Nizza nach Bastia erreichen. Wegen des frühen Aufbruchs, gerieten wir nicht in den morgendlichen Verkehrsstau und trafen viel früher als erwartet am Fährenterminal ein. Wir hatten also noch ausreichend Zeit auszuschwärmen und den Fischhändlern am Hafen beim Aufbau ihrer Marktstände zuzusehen. Robert hatte im Gegensatz zu Jack überhaupt keinen Alkoholkater, fühlte sich in Hochform und sehr offen für neue Bekanntschaften. Schon nach einer halben Stunde stellte er uns einen etwas abgerissen und ziemlich abenteuerlich wirkenden Typ vor, der sich als "Zirkusdirektor" ausgab. Auf nähere Fragen ging er nicht ein, aber ebenso wie Robert war auch er dem einen und anderen Gläschen Pastis nicht abgeneigt. Unser großzügiger Robert schien nicht zu bemerken, dass die meisten dieser Anisschnäpse auf seine Rechnung gingen. Und er konnte sich nicht erklären, weshalb der Zirkusdirektor nach dem Einsteigen in die Fähre trotz Suchens nicht mehr zu finden war. Lange rätselte er allerdings nicht, denn nun erregte eine ausgesprochen attraktive etwas verspätete Hippiebraut seine Aufmerksamkeit. Er machte sich erfolgreich an sie heran und bewirtete sie während der mehr als sechs Stunden dauernden Überfahrt nach Korsika mit verschiedenen mehr oder weniger alkoholhaltigen Getränken, vor allem mit Pastis. Seine Freigiebigkeit kostete ihn einige hundert Francs; als er dann immer anhänglicher wurde, verabschiedete sich die Hippiebraut kurz aufs WC und war von da an für Robert unauffindbar.

Salut et Pace

Damals existierte die untertunnelte Stadtdurchfahrt vom Hafen zur Südausfahrt aus Bastia noch nicht, und immer wenn ein Fährschiff mehrere hundert Autos anlandete, staute der Verkehr mit ziemlichem Gehupe chaotisch durch die engen Straßen der

Stadt. Mitten im gestressten Gedränge einer belebten Kreuzung bemerkte der Fahrer des VW-Busses, dass die seitliche Schiebetüre nicht korrekt geschlossen war. Als der Bus verkehrsbedingt kurz anhalten musste, versuchte einer der Mitfahrer, sie richtig zu schließen. Das gelang nicht, stattdessen stand die Tür plötzlich ausgehängt auf der Straße, lehnte aber glücklicherweise seitlich am Bus. Ein ausgesprochen verblüffender Anblick. Das Gehupe der in nächster Nähe stehenden Autos verstummte und alle beobachteten gespannt, wie die Insassen des VW Busses mitten auf der verstopften Kreuzung hektisch und umständlich und mit jeder Menge lautstarker Ratschläge sowohl aus dem Bus als auch aus den auf der Kreuzung blockierten Autos versuchten, die Türe wieder einzuhängen. Der Vorfall erregte einiges Aufsehen, auch die Fenster der mehrstöckigen Häuser an der Kreuzung waren plötzlich offen, dutzende Frauen unterschiedlichen Alters beugten sich heraus und kommentierten mit amüsierten Zurufen das Schauspiel.

Auf der anschließenden Weiterfahrt nach Ponte Leccia erklärte uns Robert, dass wir auf dem Grundstück von Anche, einem seiner Bekannten kampieren dürften. Wir klopften bei ihm an und er lud uns in seine bescheidene Wohnküche ein. Wir saßen auf Stühlen, Hockern und Kisten und erhielten Wein aus eigenem Anbau und zwar aus einem Plastikkrug und in Plastikbechern. Robert zog seine Wiedersehensfeier über Gebühr in die Länge. Immer wieder musste Anche neuen Wein aus dem Keller holen und mit uns auf „salut et pace" anstoßen. Als es uns schließlich zu bunt wurde und wir uns zum Lagerplatz aufmachten, war es schon eine ganze Weile dunkel und wir stellten fest, dass auf dem Platz schon einige Zelte von französischen Wildwasserfahrern mit ihren Familien standen. Inzwischen hatte es begonnen zu nieseln. Es wäre komfortabel gewesen, in ein fertig aufgestelltes Zelt zu schlüpfen, aber wir fühlten uns zu müde zum Zeltaufstellen, und wozu hatten wir denn wasserdichte Biwaksäcke, die wir über unsere Schlafsäcke ziehen konnten?

Spät in der Nacht hörten wir den schlurfenden Schritt des zum Zeltplatz kommenden Robert, der sich auch im Schlafsack einfach irgendwo auf den Boden legte. Am Morgen erzählte er uns, was nach unserem Abschied bei Anche vorgefallen war: Irgendwie hatte der einfach genug von seinem zunehmend angetrunkenen Besucher bekommen und wollte endlich ins Bett. Jedenfalls habe er unserem Robert aus heiterem Himmel einen Prügel über den Kopf gezogen. Um diesen eindeutigen Abschied noch etwas deutlicher zu machen, habe er noch seinen Hund hinter ihm nachgejagt. Erzählte Robert und zeigte uns einen großen Dreiangelriss in seiner Hose. Das sei passiert, als er vor dem Hund davonrannte und dabei über einen Stacheldrahtzaum klettern musste. Etwas Wahres schien an der Geschichte schon dran gewesen zu sein, denn am nächsten Tag kam Anche mit seinem 2CV auf den Lagerplatz und erkundigte sich mit etwas verlegen wirkenden Gesicht nach Roberts Befinden.

Noch am frühen Vormittag befiel uns die Arbeitswut und wir begannen, unser Lager aufzubauen. Als erstes wurde Wolfs Zelt aufgebaut und auch Heini führte uns sein wunderschön silbrig glänzendes pyramidenförmiges Zelt vor. Als nächstes war Wolfs selbst gebastelter Campingtisch an der Reihe. Er bestand aus zwei zusammenklappbaren Holzböcken, auf welche als Tischplatte mehrere in einander zu steckende Profile eines Garagen-Rolltores zu schrauben waren. Leider ging das nicht so einfach, denn Wolf hatte die Löcher für die Befestigungsschrauben nicht nach Maß sondern nach Gefühl gebohrt. Deshalb gab es beim Zusammenbau mehrere Möglichkeiten, die wir fast alle ausprobieren mussten, bis schließlich die letzte passte. Unglücklicherweise verursachte dieses Ausprobieren viel Lärm, denn die Profile des Garagen-Rolltores waren ja aus Aluminium und schepperten beim Hantieren ziemlich laut. Die Flüche des Tisch-Konstrukteurs Wolf waren auch nicht gerade geflüstert. Erst als wir fertig waren, wurde uns bewusst, dass in den anderen Zelten Leute schliefen.

Anscheinend unstörbar von unseren lautstarken Aktivitäten schlief unser Robert langgestreckt in seinem Schlafsack mitten auf dem Platz. Wir bemerkten dies erst, als wir Zelte, Tisch und Stühle fertig aufgestellt hatten.

Golo von Castirla bis Ponte Leccia

An diesem Tag auf Korsika wollten wir eine Teilstrecke des fast neunzig Kilometer langen Flusses

Golo befahren, der durch Ponte Leccia fließt. Bei dieser Ortschaft mündet auch der Fluss Asco, den wir später ebenfalls befuhren, in den Golo. Ein Einheimischer gesellte sich zu uns und erzählte, er kenne den Golo. Wir hatten alle großen Respekt, denn wie wir aus der Paddelliteratur wussten, waren auf dem Golo schon einige Herausforderungen zu meistern, die sowohl wildwassertechnisches Können als auch eine gewisse Nervenstärke benötigten. Bei der Fahrt zur Einbootstelle hielten wir mehrmals an, um vom Ufer oder von Brücken aus einen Eindruck davon zu bekommen, was uns erwartete. So etwa fiel uns flussabwärts der Pont de Castirla (bzw. Ponte Castirla) eine größere Walze auf, fast eine Zwangspassage die nur mit größerem Aufwand und nicht direkt am Ufer zu umtragen gewesen wäre. Unser korsischer Begleiter erklärte mit nachdenklichem Gesicht, sie sei „tres dangereux". Etwas nervös dachte ich mir: „Na ja, da werde ich dann wohl trotzdem hinunterfahren wollen, auch wenn ich heftiges Herzpochen schon jetzt bis zum Hals herauf spüre." Bei einer Stahlbrücke, einige hundert Meter oberhalb des Kraftwerks von Castirla, booteten wir ein. Hier zeigte sich der Golo noch ziemlich harmlos. Antoine, mit diesem oder einem ähnlichen Namen stellte sich der Einheimische später vor, begutachtete uns fachmännisch beim Einbooten und einigen Kehrwassermanövern, mit denen wir diesen Wildwasserexperten ein wenig beeindrucken wollten.

Wir waren schon eine ganze Weile unterwegs, die große Walze bei Pont de Castirla hatten wir schon längst alle mit Bravour gemeistert, Und die Straßenbrücke bei Francardo war noch nicht in Sicht, da bemerkten wir, dass Robert sichtlich mit seinem Alkoholkater kämpfte und immer wieder ein Stück hinter uns blieb. Dabei brauchten wir ihn doch ganz vorne, denn er war der Einzige von uns, der diesen Fluss schon kannte. Wir fragen mehrmals, wie es denn weitergehe und er antwortete in breitem tirolerisch: „olm grod obe". Auf Hochdeutsch heißt das: „immer geradewegs hinunter". Diese Antwort beruhigte uns natürlich nicht, weshalb wir mit unseren Fragen keine Ruhe geben. Schließlich hatten wir ihn so weit, dass er wieder voraus fuhr, hinter ihm Jack und dann ich.

Die Müdigkeit war Robert auch von hinten anzusehen, denn er paddelte ganz mechanisch, fast apathisch. Plötzlich sah ich ihn aufschrecken und mit wilden Paddelschlägen in ein Kehrwasser rudern. Jack, sichtlich überrascht, bemerkte, dass das Kehrwasser zu klein für zwei Boote war und erreichte gerade noch das nächste, ebenfalls sehr kleine Kehrwasser. Ich als Nächster hatte etwas zu wenig Abstand zu Jack eingehalten und sah zu meinem Schreck, dass es ein kleines Stück weiter unten ziemlich ungemütlich wurde. Für mich war jedoch kein Kehrwasser mehr frei. In meinem Schreck hielt ich mich ziemlich unelegant an der nächsten sich bietenden Möglichkeit, nämlich einem aus dem Fluss wachsenden Busch fest. Mit meiner heutigen Erfahrung weiß ich, dass das nicht sehr geschickt war, aber was geschehen ist, ist geschehen und es kam wie es kommen musste, die Strömung riss mir das Boot unter dem Hintern weg.

Nachdem ich dann mit Hilfe meiner Kameraden das Ufer erreicht hatte, musste ich nicht lange nach meinem Boot suchen, denn ich sah es mit dem Heck nach oben in einem Kehrwasser schwimmen. Immer wieder wurde es vom Rücksog einer hufeisenförmigen Walze erfasst, verschwand unter Wasser, tauchte einige Sekunden später etwa sechs Meter flussabwärts wieder auf und wurde wieder in die Walze gezogen. Dabei wurde es jedes Mal mit ziemlicher Wucht gegen die Felsen geschmettert. Jedes Mal zuckte ich zusammen, wenn ich an knackenden Geräuschen das Brechen von Glasfasern zu hören glaubte. Ich war froh, dass ich nicht im Boot saß. Die hufeisenförmige Walze machte keine Anstalten, mein Boot freiwillig wieder loszulassen. Die Bergung kostete uns einige Mühe und trug mir höchst wichtige, damals aber als überflüssig empfundene Kommentare meiner Kameraden ein.

Unterhalb von Francardo wurde der Golo zahmer. Relativ flache Strecken wurden zwischendurch von kurzen Hammerstellen unterbrochen. An einer Biegung – kurz vorher zeigten Slalomstangen in der flachen Strömung, dass hier hin und wieder jemand trainierte – wartete Antoine aus Ponte Leccia auf uns. Für jeden von uns hatte er eine Dose Bier dabei. Ausgerüstet war er mit einem etwas eckig und wie ein Spielzeug wirkenden Thermoplastboot und einem teilbaren Holzpaddel. Er wollte von hier an mit uns weiterfahren, was uns sehr recht war, denn damit hatten wir einen Ortskundigen dabei. Leider kenterte der Ortskundige schon in der Strömung der ersten leichten Flussbiegung. Boot, Paddel und Antoine kamen einzeln dahergeschwommen. Und jede Menge kleiner Schaumstoffwürmchen, wie man sie als Füllmaterial für Verpackungen verwendet. Antoine hatte nämlich als Auftriebskörper im Bug und im Heck seines Bootes zugebundene Müllsäcke mit diesen Schaumstoffwürmchen gesteckt. Beim Kentern waren die Müllsäcke aufgerissen und ihr Inhalt hatte sich selbständig auf den Weg gemacht. Ähnliches passierte von nun an bei jedem kleinen Schwall. Mit der Zeit spielten sich unsere Bergungsaktionen ein und jeweils nach der nächsten Schwallstelle warteten wir schon im ersten Kehrwasser, um die dahergeschwommenen Teile aufzulesen.

Wildwassersportler waren damals in Korsika noch kein anerkannter Tourismusfaktor, von vielen Anglern wurden sie als Störenfriede betrachtet. Das bemerkten wir ein Stück oberhalb von Ponte Leccia, als wir durch eine kleine, an einen Felskanal erinnernde Schlucht fuhren und Fischer mit faustgroßen Steinen nach uns warfen. Die Schimpfworte, mit denen sie uns würdigten, verstand ich glücklicherweise nicht. Erst als sich Antoine ihnen zu erkennen gab, hörten sie auf und grüßten ihn erstaunt und respektvoll. Später stellte sich heraus, dass Antoine als angesehener Wirt eine gut gehende Pizzeria in Ponte Leccia führte. Uns bewirtete er auch. Und zwar äußerst großzügig. Mit korsischem Käse, korsischer Wurst und korsischem Roséwein. Und nach diesem sportlich anspruchsvollen Tag hatten wir wirklich Hunger und Durst. Der Nachschub von Wein war für Antoine kein Problem, denn davon hatte er genug im Haus, aber für den Käsenachschub musste er seine Frau noch zwei Mal in eine Sennerei schicken. Während unseres Aufenthaltes suchten wir noch öfter das Lokal von Antoine auf, allerdings ließen wir uns dann nicht mehr frei halten. Während unseres Aufenthalts auf Korsika hatte Antoine allerdings nicht mehr den Wunsch mit uns Wildwasser zu fahren.

Ein spezieller Patient

Am Abend nach der Befahrung des Golo begab sich Robert nochmals nach Ponte Leccia. Einer äußerte den Verdacht, er suche noch immer die attraktive Hippiebraut, mit dem er auf der Fähre eine größere Menge Pastis getrunken hatte. Der Verdacht wurde jedoch nicht bestätigt. Spät am Abend saßen wir anderen noch weintrinkenderweise auf unseren Campingstühlen rund um den großen Tisch, als Robert wieder bei uns eintraf. Er aß und trank mit uns und es war eine lebhafte Unterhaltung im Gange, da passierte ihm ein blutiges Missgeschick. Während er sich eine korsische Salami abschnitt, knickte sein Campingstuhl unter ihm zusammen. Um nicht zu Boden zu stürzen, stützte er sich reflexartig mit der rechten Hand am Boden ab. Unglücklicherweise hatte er gerade in dieser Hand sein offenes Taschenmesser und rutschte mit dem Zeigefinger der Schneide entlang vom Griff bis zur Messerspitze. Sein Zeigefinger sah danach fürchterlich aus: ein sehr tiefer

Schnitt, der genäht werden musste, dessen waren sich alle einig. Aber wo sollten wir um halb zwölf Uhr in der Nacht einen Arzt finden? Antoine fiel uns ein. Wolf, Robert und ich setzten uns in den VW-Bus und fuhren zu ihm. Ohne lange zu zögern rief Antoine einen Arzt in Ponte Leccia an, bei dem wir wenig später eintrafen.

Robert musste sich in der Ordination hinlegen und bekam eine Spritze zur örtlichen Betäubung. Ich erhielt vom Arzt die Aufgabe, mit der einen Hand den zerschnittenen Finger von Robert während des Nähens immer schön zu strecken und mit der anderen mittels einer nierenförmigen Schale das herabtropfende Blut aufzufangen. Das Vernähen der Schnittwunde erforderte etliche Stiche. Während der Arzt am Nähen war, schaute ihn Robert ganz genau an und sagte dann etwas auf Italienisch. Ohne aufzuschauen sagte der Arzt zu mir auf Französisch, er verstehe kein Italienisch, ob ich nicht übersetzen könne. Ich kann zwar nicht gut Französisch, aber so weit reichte es. Also fragte ich Robert auf Deutsch, was er gesagt habe. Seine Antwort lautete, ich solle dem Arzt sagen, er habe einen Freund in Telfs, der auch Arzt sei. Der operierende Arzt erinnere ihn an seinen Freund. Ich erzählte das so gut ich konnte auf Französisch. Die Reaktion war ein freundliches Grinsen. Wenig später äußerte sich Robert wieder auf Italienisch, der Arzt bat mich wieder auf Französisch um Auskunft, ich fragte Robert wieder auf Deutsch und gab die Äußerung von Robert wieder auf Französisch an den Arzt weiter. So ging das noch einige Male hin und her und wir amüsierten uns köstlich über diese umständliche aber unterhaltsame Kommunikation.

Na ja. Außer dem Arzt und Antoine war keiner der Anwesenden nüchtern. Während der "Operation" spritzte der Arzt immer wieder aus einer Flasche ein Desinfektionsmittel über die Schnittwunde, um diese abzuwaschen. Damit er beim Nähen besser zur Wunde sah. Zusammen mit dem Blut sammelte sich dieses Desinfektionsmittel in der Nierenschale, welche ich die ganze Zeit mit der linken Hand unter seinen verletzten Finger hielt. Nach Abschluss der Operation deutete Robert anerkennend auf diese Flüssigkeit und meinte, er habe da ja einen großen Blutverlust ausgehalten. Er war ganz enttäuscht, als der Arzt ihm erklärte, dass die Flüssigkeit zum größten Teil kein Blut sondern die desinfizierende Wundspülung sei.

GFK-Prototyp des Prijon Taifun

Schon beim Verlassen der Fähre in Bastia hatte der Citroen CX von Heinz Startschwierigkeiten, so dass wir ihn mit mehrfacher Manneskraft von Bord schieben mussten. Damals gab es noch keine Mobiltelefone und da wir nicht auf einer wenig befahrenen, einsamen korsischen Bergstraße stundenlang auf Pannenhilfe warten wollten, beschlossen wir, das Auto am nächsten Tag in Bastia reparieren zu lassen. Fred und ich fuhren mit Heinz, während die Anderen den Golo unterhalb von Ponte Leccia befahren wollten. Die Autoreparatur dauerte mehrere Stunden. In dieser Zeit besichtigten wir ausgiebig Bastia, den neuen und den alten Hafen, die Zitadelle und die Stadt.

Beim Flanieren durch Bastia wurden wir auf ein Auto mit deutschem Kennzeichen und einem Kajak auf dem Dach aufmerksam. Wir riefen dem Fahrer nach und er blieb tatsächlich stehen. So lernten zum ersten Mal ein Mitglied des für uns damals noch sagenumwobenen Alpinen Kajak Clubs AKC kennen. Viel interessanter jedoch erschien uns, dass er als Testfahrer für den Kajakhersteller Prijon einen noch aus Polyester hergestellten Prototyp eines Polyethylenbootes auf dem Autodach hatte, nämlich des einige Monate später auf dem Markt erscheinenden Taifun. Wir inspizierten den Prototyp gründlich und diskutierten eingehend seine Form, Sitzanlage und Fußstützen. Vor allem aber faszinierte uns die Ankündigung, dass es aus widerstandsfähigem Polyethylen sein werde. Man werde es nicht mehr bei jeder Steinberührung reparieren müssen. Für mich stand von da an fest, dass ich mir einen der ersten als Thermoplastboot auf dem Markt verfügbaren Taifuns anschaffen würde.

In der Tavignanoschlucht

Am Morgen des fünften Mai fehlte Robert. Er hatte sich in der Nacht allein nach Ponte Leccia begeben. Während wir beim Frühstück saßen, kurvte ein dunkelblauer Renault R5 zwischen unsere Zelte herein. Im Auto saßen zwei Gendarmen und unser Robert. Er stieg aus und verlangte in barschem Ton nach seinem Reisepass. Nachdem wir ihn darauf hinwiesen, dass er wohl selbst am besten wisse, wo sein Pass sei, begann er seinen Rucksack zu durchsuchen. Einer der Gendarmen war in einer kleinen Entfernung beim Auto stehen geblieben, während der andere zu uns herangetreten war. Ihn fragte ich, während Robert seinen Pass suchte, was eigentlich los sei. Nichts besonders Aufregendes, meinte er, sie hätten ihn lediglich schlafend auf dem Bahnhofsvorplatz von Ponte Leccia aufgefunden. Danach verabschiedeten sich die beiden Gendarmen höflich und fuhren davon. Wir waren von diesem Vorfall noch etwas verdattert, da hing sich Robert seinen Rucksack auf den Rücken, erklärte uns, er falle uns sowieso nur zur Last und wolle sich jetzt allein in Korsika durchschlagen. Er lasse seine Wildwasserausrüstung bei uns und käme rechtzeitig am neunten Mai auf die Fähre im Hafen von Bastia. Wir fanden es zwar nicht schön, dass er sich von uns trennte, aber wir einigten uns darauf, dass jeder selbst entscheiden könne, was für ihn das Richtige sei.

Wir anderen wollten an diesem Tag eine Teilstrecke des Tavignano befahren, des nach dem Golo zweitgrößten Flusses auf Korsika, der etwa sechzig Kilometer östlich der Inselhauptstadt Corte ins Mittelmeer fließt. Starten wollten auf dem unteren Veccio, einem richtigen Genussbach. der mit seiner mäßigen Verblockung gleich zu Beginn richtig Spaß machte. Er mündete unmittelbar nach einer spektakulären Rechts-Links-Kurve in den Tavignano, der danach auf den ersten Kilometern gemütlich durch eine pastoral wirkende Landschaft dahinfloss. Andere

Paddler hatten uns erzählt, in der Tavignanoschlucht habe sich ein Baum quer zur Fließrichtung verklemmt und man müsse unbedingt aufpassen. Es empfehle sich, links am Baum vorbeifahren und so weiter. Keiner von uns kannte den Fluss und Robert als Ortskundiger war nicht mehr bei uns. Ich muss zugeben, dass mich das schon ein bisschen nervös machte, aber vorerst sah die Landschaft überhaupt nicht wie einer Schlucht aus.

Nach einiger Zeit jedoch rückten die Flanken des Tals enger zusammen. Wir paddelten in größeren Abständen, kurvten möglichst in jedes Kehrwasser, um mögliche Schwierigkeiten rechtzeitig zu erkunden, insbesondere den quer liegenden Baum, an dem Keiner hängenbleiben wollte. Schließlich fuhren wir in eine enge Schlucht ein, an deren Beginn nur zwei Kehrwasser zur Verfügung standen. Beide waren so klein, dass jeder nach dem Hineinfahren sofort aussteigen und sein Boot aufrecht an die Felswand stellen musste, damit der Nächste auch noch im Kehrwasser Platz hatte. Die Nervosität stieg, weil wir vermuteten, da vorne müsse die gefährliche Passage mit dem Baum sein.

Auf einem schmalen Felsband tasteten wir uns weiter in die Schlucht hinein, da hörten wir einen durchdringenden Schrei. Als erstes sah ich einen Turnschuh in die Schlucht hineinschwimmen. Zehn Meter dahinter schwamm Volker, dem das Anlanden im Kehrwasser offensichtlich misslungen war. Seine Augen waren vor Schreck weit aufgerissen, denn er wusste ja nicht, was ihn hinter der nächsten Flussbiegung erwartete. Wir hasteten auf dem Felsband so schnell wir konnten weiter nach vorne, sahen währenddessen, wie Fred mit seinem Boot hinter Volker herfuhr. Gleich danach sahen wir auch schon den Baumstamm. Er war so zwischen den beiden Felswänden eingeklemmt, dass sich sein rechtes Ende etwa einen halben Meter über dem Wasser befand. Das linke Ende befand er sich so weit unter Wasser, dass man an dieser Stelle problemlos über ihn darüberfahren konnte. Der Baumstamm musste schon lange hier eingeklemmt sein. Er hatte längst keine Rinde mehr und war von der Wasserströmung glatt geschliffen. Es ragten auch keine gefährlichen Aststümpfe aus ihm heraus, an denen ein Schwimmer hängenbleiben hätte können.

Volker war in Flussmitte an den Baumstamm geschwemmt worden, der hier zehn oder zwanzig Zentimeter über der Wasseroberfläche war. Mit beiden Händen krallte er sich fest, während sein ganzer Körper unter dem Baum in der schnellen Strömung hing, die ihm nun auch noch den zweiten Turnschuh auszog. Seine Augen waren schreckgeweitet, denn er konnte ja nicht sehen, was wir vom Felsband aus sehen konnten. Nämlich, dass anschließend an den Baum nur noch eine Flussbiegung mit einer kleinen Walze und einem Prallwasser folgte und danach ruhiges Wasser. Vom Zusehen hatten wir den Eindruck, dass Volkers Fingernägel regelrechte Rissspuren in das aufgeweichte Holz gruben.

Schließlich verließen ihn seine Kräfte und mit schicksalsergebenem Blick ließ er los. Wie vorauszusehen war, passierte ihm anschließend überhaupt nichts. Ein kurzes Stück später fanden seine Füße auf einer Kiesbank mit schönen runden Steinen Halt. Er musste allerdings barfuß ein Stück den Felsen entlang klettern, um zu seinem Boot und dem Paddel zu gelangen, die Fred und Jack inzwischen eingeholt und geborgen hatten.

Einige Tage später brachen wir unser Zeltlager in Ponte Leccia ab und fuhren mit unseren beiden Autos über Caporalino dem oberen Golo entlang durch die Scala di Santa Regina zum Lac de Calacuccia. Hier hielten wir bei der Brücke, unter welcher der oberste Golo durch eine pittoreske kleine Schlucht in diesen Stausee fließt. Der oberste Golo wird von echten Könnern auch befahren, soll aber hohe Anforderungen an die Nervenstärke und das wildwassertechnische Können stellen. Wir fühlten uns hier überfordert und fuhren weiter über den Pass am Col de Vergio bis nach Evisa. Alle außer den Chauffeuren wanderten von hier aus die Gorges de Spelunca abwärts bis zum Zusammenfluss des Porto mit dem Onca, wo die Chauffeure mit den Autos warteten.

Inzwischen war es drei Uhr nachmittags geworden, für eine Paddeltour auf einem unbekannten Fluss schon etwas spät. Trotzdem machte Wolf den Vorschlag, heute noch die Schlucht des Porto bis zu seiner Mündung an der Westküste zu befahren. Auf unsere skeptischen Einwände hin entgegnete er, es seien ja nur vier Kilometer. Volker, Fred und Heinz erklärten, sie seien an diesem Nachmittag nicht mehr für Paddelabenteuer zu haben. Sie würden die Fahrzeuge zum vorgesehenen Lagerplatz an der Mündung des Porto bringen.

Wir anderen begannen die Fahrt auf dem Porto, der uns gleich von Beginn an zeigte, dass er ein ungewöhnlicher Fluss war. Zunächst paddelten wir in einer ruhigen Strömung zwischen zyklopenhaft riesigen runden Felsblöcken dahin. Immer wieder sahen wir nichts als große runde Blöcke um uns herum, zwischen denen das Wasser irgendwo verschwand. Mögliche Durchfahrten zeigen sich erst bei näherem Heranfahren. Meine nervliche Anspannung stieg, irgendwie hatte die Stimmung etwas von der berüchtigten Ruhe vor dem Sturm. Außerdem drängte die Art der Verblockung den Verdacht auf, dass es auf diesem Fluss auch gefährliche Unterspülungen gab, in die ein Pechvogel hineingezogen werden könnte. Vorsicht war also angebracht und wir stiegen immer wieder aus, um fahrbare Passagen zu erkunden. Etliche Male mussten wir gefährlich erscheinende Stellen auch umtragen, wobei dieses Umtragen oft durch dicht verfilztes Uferdickicht mit dornenbewehrten Brombeerranken ziemlich strapaziös war und die körperliche Kondition ausgiebig beanspruchte. Da wir derartige unübersichtliche Stellen ziemlich oft erkunden mussten, verloren wir viel Zeit. Der Nachmittag ging seinem Ende zu, die Sonne näherte sich immer mehr dem Horizont und spiegelte sich im Wasser direkt vor uns. Derart geblendet waren knapp unter der Oberfläche liegende Steine für uns nicht mehr sichtbar, Immer wieder fuhren wir schwungvoll auf solche Steine auf, und jedes Mal, wenn dies passierte, knirschte und knackte das Polyesterboot unter dem Sitz herzerweichend. Und jeder dachte frustriert daran, dass er nächstens wohl wieder eine aufwendige Reparatur seines Bootes vor sich hatte, mit Schleifpapier und Zweikomponentenpolyester.

Je länger wir auf dem Weg waren umso mehr ging uns dieser Fluss auf den Wecker, an die Kondition und an die Motivation. Schließlich erklären Heini und Jack, dass sie, ganz gleich wie weit und mühsam es sei, zur Straße emporsteigen und den Rest des Weges zu Fuß zurücklegen wollten. Karl-Heinz und ich blieben bei Wolf. Trotz meines Durchhaltewillens spürte ich schon recht akut die Müdigkeit in allen Gliedern, und weil mich meine Konzentration immer häufiger im Stich ließ, häuften sich auch meine Fahrfehler. Schließlich kenterte ich auf ganz idiotische Weise wegen zu langsamer Reaktion an einer ganz harmlosen Stelle unter einer Straßenbrücke. Da ich nicht wusste, dass von hier aus nur noch etwa fünfhundert Meter auf ruhigem Wasser zu fahren gewesen wären, gab mir diese Kenterung den Rest. Ich kletterte zur Straßenbrücke hoch, um mein Boot bis zum Zeltplatz zu tragen. Heinz tat dasselbe. Wolf fuhr weiter und erreichte noch vor uns und mit viel weniger Anstrengung den Platz, an dem wir unsere Zelte aufstellen wollten.

Dieser grandiose Zeltplatz entschädigte uns für alle vorher erlebten Strapazen. Er lag direkt in der

Bucht von Porto in einem zauberhaften Hain aus alten Eukalyptusbäumen. Sicherlich war es nur der frühen Jahreszeit zu verdanken, dass wir fast die Einzigen waren, die hier kampierten.

Der Fango und die Languste

Jack hatte seine Tauchausrüstung mit auf die Reise genommen. Während die Anderen mit ihm am nächsten Tag zu den Calanches tauchen gingen, wollten Volker und Wolf den Fango befahren; Luftlinie etwa 25 Kilometer nördlich von Porto. Auf der damals noch korsisch-kurvigen und engen Straße benötigten wir für die Anfahrt fast eineinhalb Stunden. Ich machte an diesem Tag eine Pause vom Paddeln, deshalb war ich heute nur Chauffeur und Kameramann. Während der Fahrt rauchen die Beiden eine ganze Schachtel Zigaretten der Marke Gitanes. Das sei jene Sorte Zigaretten, erklärte Volker, die man in französischen Apotheken gegen Lungenkrebs bekomme, man sterbe nämlich schneller als einen der Lungenkrebs niedermachen könne. Ich als mitfahrender Nichtraucher schnappte während dieser Fahrt im vollgepafften Auto frustriert nach Atemluft.

An unserem letzten Abend auf Korsika suchten wir das damals nobelste Restaurant von Porto auf. Finanziert wurde unser nobles Essen aus der gemeinsamen Kassa, die wir schon seit Reisebeginn führten und in die jeder den gleichen Betrag einbezahlt hatte. Fred genehmigte sich bei seinem Menü unter anderem eine Languste. Weil ihm das Aussaugen der Langustenfühler zu viel Mühe machte, schluckte er sie in etwas zerkleinertem Zustand einfach so hinunter. Etwas angeheitert spazierten wir anschließend zurück zum Lagerplatz. Zum letzten Mal auf Korsika stellte Wolf einen Kanister Rose aus Ponte Leccia auf den Tisch. Nach und nach legte sich dann Einer nach dem Anderen schlafen.

Fred schlief in derselben Zeltkabine, in der ich lag. Plötzlich, ich weiß nicht, wie spät es war, schreckte er mich auf: "Martin, gib mir die Taschenlampe! Die Languste kommt!" Hastig verließ er mit der Taschenlampe das Zelt. Von seinem Ausruf waren auch die Anderen erwacht und kommentierten mit Gelächter, wie Fred die Languste erbrach. Auch Fred konnte sich nicht halten. Abwechselnd lachte und übergab er sich. Später in der Nacht, als alle anderen wieder schliefen, beobachtete Heini, der seine Hängematte zwischen zwei Bäumen gespannt hatte, wie ein Wildschwein das Lager betrat, schnüffelnd seine Schnauze in die Höhe streckte und zielsicher auf die von Fred erbrochene Languste zusteuerte, um sie mit sichtlichem Genuss zu verspeisen.

Am neunten Mai begann unsere Heimreise. Wir fuhren von der Bucht von Porto ab, am Fango vorbei, durch Calvi, Ile Rousse und Lozari. Bei Ogliastro bog unsere Straße von der Küstenlinie ins Landesinnere ab. Auf einer Anhöhe machten wir eine kurze Rast und genossen einen wunderbaren Blick in eine einsame Bucht. Einige Pferde schienen außer uns die einzigen Lebewesen zu sein. Die Straße führte weiter am Südrand der Desert des Agriate nach St. Florent. Hier nützten wir noch einmal Gelegenheit, direkt in einer Domaine korsischen Wein einzukaufen. Danach gewann die steile Straße bis zum Col de Teghime rasch an Höhe. Das Wetter verschlechterte sich. Dunkle Wolkenfetzen jagten über den Pass. Nach zirka fünfzehn weiteren Kilometern auf kurvigen Straßen trafen wir in Bastia ein.

Bis zum Ablegen der Fähre hatten wir noch ein paar Stunden Zeit. Wir parkierten in der Nähe einer Gendarmeriekaserne und waren schon gespannt, wo und wann wir Robert hier in Bastia wieder treffen würden. Plötzlich erschien er am Tor der Gendarmeriekaserne. Schrecklich abgemagert sah er aus, sein Gesicht eingefallen und auch etwas verschrammt. Es schien ihm schlecht ergangen zu sein. Er sei gleich nach dem Abschied nach Corte gefahren, erzählte er, dort habe man ihm bei einem Jubiläumsfest der Fremdenlegion den Rucksack samt Geldbörse und Reisepass entwendet. Nun habe er nahezu kein Geld und außerdem keine Ausweise mehr gehabt und sich querfeldein nach Bastia durchschlagen müssen. Ernährt habe er sich hauptsächlich von unreifen Feigen. In Bastia habe ihn die Gendarmerie aufgegriffen. In einer ihrer Zellen habe er dann endlich wieder normal zu essen und zu trinken und auch die Gelegenheit zum Ausschlafen bekommen.

Merkwürdiges in Südtunesien

Beim Abflug in Zürich hatte es noch in Strömen geregnet, deshalb trug ich noch wetterfeste mitteleuropäische Kleidung, als ich im Flughafen der tunesischen Insel Djerba durch die Heck-Gangway aus dem Flugzeug auf das Flugfeld hinunterstieg. Schon an der Flugzeugtüre, kam ich mir vor wie in einem Backofen. „Derart heiß, das kann doch nicht sein", dachte ich mir, „die Hitze kommt sicher von den Düsentriebwerken des Flugzeugs". Aber je weiter ich mich vom Flugzeug entfernte und zu Fuß auf der weiten Asphaltfläche das Flughafengebäude anstrebte, desto klarer wurde mir, dass keineswegs die Düsentriebwerke die Ursache für diese Hitze waren, sondern dass es hier einfach so heiß war. Immerhin war es Ende Juli und ich war nun in Nordafrika. In der prallen Sonne schien der Weg zum Flughafengebäude kein Ende zu nehmen. Damals, Anfang der siebziger Jahre des zwanzigsten Jahrhunderts, stand hier kein klimatisierter Flughafenbus zur Verfügung, der die Passagiere zum Abfertigungsgebäude bringen konnte. Alle Passagiere mussten zu Fuß gehen. Notgedrungen begann ich, mich damit abzufinden, dass es hier sehr heiß war. Eine Viertelstunde später beschloss ich, die Hitze ohne Protest ertragen zu wollen, und nach Ablauf der nächsten Stunde freundete ich mich mit der Hitze an. Schließlich hatte ich ja freiwillig im Hochsommer diese Reise nach Südtunesien angetreten.

Drei Landrover brachten unsere aus zwölf Personen bestehende Reisegruppe vom Flughafen in die etwa acht Kilometer entferne Stadt Houmt Souk, wo wir in einer zu einem Touringhotel umfunktionierten Karawanserei unsere erste Nacht verbringen sollten. Dass unsere Landrover verkehrt in eine Einbahnstraße hineinfuhren, um zum Hotel zu gelangen, störte hier anscheinend niemanden, denn der Weg zum Hotel war so ja kürzer. Das protestierende Hupen entgegenkommender Fahrzeuge wurde vom Chauffeur mit Gleichmut hingenommen, denn erstens kamen uns nicht viele Autos entgegen und zweitens war da auch noch ein Trottoir, dessen Randstein man mit den großen Rädern eines Landrover ohne Probleme überwinden konnte.

Am späten Nachmittag lieh ich mir im Hotel ein Moped aus, um mir damit die Gegend am Hafen der Stadt etwas näher anzusehen. Hier sah ich zum ersten Mal eine Dhau, eines dieser legendären hölzernen Segelschiffe, die über Jahrhunderte als wichtigstes Transportmittel den nordafrikanischen Küstenhandel abwickelten. Das Schiff war an der Kaimauer an Pollern vertäut, die aus zweckentfremdeten Vorderladerkanonen bestanden, die man zur Hälfte senkrecht in der Kaimauer einbetoniert hatte. Beim Näherkommen bemerkten wir, dass einige Scheuerleute gerade das Ladegut der Dhau löschten. Dazu hatte man von der Reling der Dhau bis zur Kaimauer ein dickes Bohlenbrett gelegt, auf dem die Lastträger eifrig ein und aus unterwegs waren.

Am späten Abend wurden wir zum Dinner in den Innenhof der Karawanserei gebeten. Der Boden dieses Innenhofs war zur Gänze von einer etwa zehn Zentimeter dicken Schicht aus Kegelmuschelschalen bedeckt. Das Gehen über diese Schicht fühlte sich auf eigenartige Weise weich und gedämpft an, während die abertausend Hohlkörper bei jedem Schritt ein eigenartig kratzend schnarrendes Geräusch in einer hohen Tonlage erzeugten. Unsere Esstische standen in einem offenen Säulengang, der den quadratischen Innenhof auf allen vier Seiten umgab. Eine kleine Gruppe von Männern spielte Musik und führte Bauchtanz vor. Beim ersten Mal erschien uns das eigenartig, aber wir hatten noch öfter die Gelegenheit, Bauchtänze zu sehen, immer tanzten nur Männer; tanzende Frauen sahen wir während dieser Reise nie.

Während des Abends stellte sich Douami vor, der uns als Reiseleiter in den nächsten Tagen in Südtunesien eine Reihe von Merkwürdigkeiten zeigen wollte. Er machte uns von Anfang an klar, dass wir immer sehr früh aufstehen würden, um nicht in der größten Hitze unterwegs sein zu müssen. Morgen zum Beispiel würde er sich um fünf Uhr in die Mitte des Innenhofs stellen und in die Hände klatschen. Das sei der Weckruf.

Die Ursprünge der ehemaligen Karawanserei, die jetzt unser Touringhotel war, gingen auf das dreizehnte Jahrhundert zurück. Den Innenhof des Gebäudekomplexes betrat man durch einen Tordurchgang in der Mitte einer Seite. Das aus einem ebenerdigen und einem ersten Stockwerk bestehende Gebäude hatte nach außen überhaupt keine Fenster, zugänglich war es nur vom Innenhof aus. Im Erdgeschoss, wo in früheren Zeiten die Stallungen untergebracht waren, befanden sich nun die Räume zur Organisation des Hotels: Rezeption, Bar, Küche, Speiseräume, Personalzimmer usw. Nur wenige der Räume besaßen Türen, die meisten waren auf der Hofseite offen. Auf zwei gegenüberliegenden Seiten führten unter freiem Himmel Treppen in das obere Stockwerk, einen rings um den Hof führenden Säulengang, von dem die Türen in die Gästezimmer führten. Die Zimmer hatten eine bogenförmige Decke und waren sehr einfach eingerichtet. Die etwa zwanzig Zentimeter langen Zimmerschlüssel der Zimmertüren ließen wir einfach stecken, nachdem wir festgestellt hatten, dass Jeder, der wollte, die Tür mit einem Fußtritt oder Schulterstoß öffnen konnte, ganz gleich ob man abgeschlossen hatte oder nicht. Aber es wurde sowieso auf der ganzen Reise nie etwas gestohlen. Keines der Zimmer verfügte über Dusche und WC; auf der gesamten Etage gab es nur je eine Toilette und eine Dusche für Frauen und Männer

Nach einem ausgedehnten Abendspaziergang durch Houmt Souk begab ich mich um halb ein Uhr zu Bett, nachdem ich versehentlich einige im Hof auf dem Muschelkies bereits schlafende Einheimische mit meinem "Bon nuit" geweckt hatte. Beim Öffnen der Zimmertür verschlug mir ein Schwall heißer Luft, der sich hier während des Tages angestaut hatte, beinahe den Atem. Die Nachtluft im Freien hingegen

115

fühlte sich angenehm lau an. Ich trug also meine mit einem Leintuch bespannte Matratze auf den offenen Säulengang hinaus und bereitete das zweite Leintuch vor für den Fall, dass mich Fliegen in der Nacht belästigen sollten. In allen Unterkünften, in denen wir in den nächsten Tagen übernachteten, gab es als Bett nur mit eine mit einem Leintuch bespannte Matratze. Dazu ein zweites Leintuch, mit dem man sich zudecken konnte, falls einen die Fliegen belästigten.

Um vier Uhr - gefühlsmäßig war ich gerade erst eingeschlafen - wurde ich jäh aus meinem Schlummer geweckt: Vom Minarett der benachbarten Moschee sang der Muezzin mit einer Stimme, welche die ganze, im Osten langsam heller werdende Nacht füllte, das Morgengebet. Ich sah in den Hof hinab, wo die Einheimischen direkt auf der dicken Muschelkiesschicht schliefen. Sie waren erwacht und bedeckten ihr Gesicht mit den Händen. Wenig später hörte ich Douami in die Hände klatschen. Es war der von ihm angekündigte frühe Weckruf.

Wir machten uns mit den drei Landrovern auf den Weg quer durch den westlichen Teil der Insel Djerba nach Ajim. Dort sollte uns eine Fähre aufs Festland übersetzen. Es handelte sich um eine alte, abgescheuerte Dhau, bei welcher man den Segelmast entfernt hatte. Stattdessen hatte man vier dicke Bretter von Bordwand zu Bordwand quer über das Boot gelegt und dort irgendwie befestigt. Auf diese Bretter wurden nun quer zur Fahrtrichtung zwei unserer Landrover dirigiert. Dieses Manöver erforderte einiges Geschick unserer Chauffeure. Wir Passagiere wurden anschließend gebeten, uns am Bug und Heck einen Sitz- oder Stehplatz zu suchen, danach begann die etwa eine Stunde dauernde Fahrt Richtung Festland. Irgendwo auf dem Boot tuckerte ein Motor, dessen gemütliches „Tock Tock Tock" vermuten ließ, dass er nur einen Zylinder hatte. Das ganze Drumherum auf dem Boot wirkte nicht sehr vertrauenerweckend, aber der Kapitän stand mit souveräner Miene an seiner langen Steuerpinne und die Überfahrt klappte wunderbar. Auf dem Festland mussten wir dann nur noch darauf warten, dass die Fähre bei der nächsten Überfahrt unseren dritten Landrover brachte und dann ging die Fahrt los. Einem der Mitreisenden kam die Situation so unwirklich vor, dass er noch zwei Tage lang fragte, wann nun endlich die Safari anfing.

In einer kleinen Ortschaft am Weg führte uns Douami zu einem Tuchhändler und regte an, dass jeder Mitreisende sich einen Turban kaufen möge. Auf unsere fragenden Blicke hin, erklärte er uns, ein Turban habe eine wesentlich weiter ausgreifende Funktionalität als unsere Hüte und Mützen. Die für uns Mitteleuropäer bekannteste Funktion erfülle der Turban als Kopfbedeckung. Dabei zeigte er uns, wie das etwa einen Meter achtzig und einen Meter breite Turbantuch längs in der Mitte gefaltet und danach so um den Kopf gewunden wurde, dass es danach als einigermaßen stabile Kopfbedeckung Sonnenschutz bot. Wenn man seinen Kopf etwas kühlen wolle, könne man das Turbantuch vorher anfeuchten; die Verdunstung des Wassers sorge es für Kühlung, wie wir ja auch in Mitteleuropa im Physikunterricht gelernt hätten. Sinngemäß auf die gleiche Weise könnten wir auch unsere Wasserflaschen kühlen, indem wir das nasse Turbantuch darum herum wickelten. Außerdem deckten wir uns in der Nacht mit dem inzwischen getrockneten Turbantuch zu, wenn uns kein Leintuch zur Verfügung stand.

Schon am ersten Tag der Safari bekamen wir auf dem Weg nach Ksar Hadada die heiße Wucht des Scirocco zu spüren. Während einer kurzen Wanderung am oberen Rand eines Wadi glaubten wir, der heiße Wind, der aus der Tiefe des Wadi heraufblies, komme direkt aus einem Backofen. Er heizte uns derart ein, dass es uns im nicht klimatisierten Auto trotz Sonnenhitze kühler schien, wenn wir die Fenster geschlossen hielten. Aber an den heißen Wüstenwind mussten wir uns ohnehin gewöhnen, denn Douami, ließ unsere Landrover noch oft anhalten, um uns auf kurzen Wanderungen Land und Leute hautnah näherzubringen.

Auf unseren Wanderungen bekamen wir Vieles zu sehen, was uns ohne seine Hinweise wahrscheinlich entgangen wäre. So lernten wir im Lauf unserer Reise einiges über die Probleme, mit denen sich die Bewohner am Rand von Wüstengebieten täglich auseinanderzusetzen hatten. Aber auch mit welch erstaunlich kreativem Erfindungsgeist sie sich diesen Herausforderungen stellten. Lebenswichtig waren die verschiedenen Methoden, wie Wasser aus tiefen Brunnenschächten heraufgeholt wurde. Auf welche Weise die Bauern Pflanzungen anlegten, wie sie Nahrungsmittel lagerten und vor Schädlingen schützten. An manchen Orten gab es keine Möglichkeiten, ergiebige Brunnenschächte zu graben, hier sahen wir mehrere Dutzend Quadratmeter große, glattgestrichene Flächen, wo Regenwasser nicht im Boden versickern konnte, sondern durch ein am tiefsten Punkt ausgespartes Loch in eine darunter angelegte Zisterne abfloss und sich dort sammelte. Mir persönlich imponierten am meisten die mit großem Aufwand und weitblickendem Gestaltungswillen in Bodensenken angelegten künstlichen Oasen, auf die ich später etwas genauer eingehen werde. Fast skurril hingegen empfand ich, dem die Hitze hier täglich zu schaffen machte, sowohl die antiken als auch die in neuer Zeit gebauten Thermalbäder am Rand der Wüste. In einem Thermal-Hallenbad, in dem die Hitze und die gleichzeitig sehr hohe Luftfeuchtigkeit mir fast den Atem nahm, bot der Bademeister seinen Gästen Massagen an, die er nicht nur mit seinen Hände praktizierte sondern auch mit seinen Füßen. Dabei spazierte auf seinen am Bauch liegenden Kunden herum und walkte mit Fußballen und Fersen ihre Rückseite kraftvoll und konsequent von der Schulter über das Gesäß bis zu den Kniekehlen durch. Und dann auch noch die beiden Wadenmuskeln. Die Massage und auch die Show, die der Masseur den in der feuchten Hitze ausharrenden Zuschauern bot, war sicherlich ihr Geld wert.

Überaus reizvoll fand ich ein Felsenbad, dessen Geschichte angeblich bis in die Zeit zurückführte, als Nordafrika eine reiche und gepflegte römische Provinz war. Das Dach, das sich in der Antike angeblich über das Bad gewölbt hatte, musste schon vor vielen Jahrhunderten eingestürzt sein. In den Felswänden, die das Becken auf drei Seiten einfassten, waren mit etwas Phantasie noch die Widerlager des Daches zu erahnen. Das Bad wurde eifrig von der einheimischen männlichen Jugend benutzt. Kleine Jungen kletterten, durch Zurufe der Zuschauer dazu ermuntert, auf immer höhere Felsvorsprünge, um von dort ins Wasser zu springen. Auch ich hätte hier gerne gebadet, aber Douami riet davon ab und warnte generell davor in dieser Gegend in Tümpeln zu baden, denn es bestehe die Gefahr, dass das Wasser mit Bilharziose verseucht sei. Diese parasitäre Krankheit würde durch kleine Egel übertragen, die sich in Minutenschnelle durch die Haut bohren könnten; unter anderem könne sie zu Lebererkrankungen, im Extremfall sogar zur Erblindung führen. Dermaßen abgeschreckt verzichtete ich darauf, in das reizvoll grünschwarz schimmernde tiefe Wasser zu springen.

In einigen Orten sahen wir Kamele oder Esel, die den ganzen Tag die Aufgabe hatten, zwanzig Meter vor und zwanzig Meter zurück zu laufen. Immer wenn sie vorwärts gingen, zogen sie mit einem über eine Rolle laufenden Seil in Ziegenfellbehältern Wasser aus der Tiefe eines Brunnenschachts. Natürlich verrichteten sie diese eintönige Arbeit nicht aus freien Stücken, sondern wurden von halbwüchsigen Jungen am Halfter geführt und gelegentlich mit einem Stock angetrieben. Ein zweiter Junge kippte das Wasser aus dem Ziegenfellbehälter in einen Brunnentrog, aus dessen Überlauf es durch ein System von Rinnen zu den einzelnen Gärten geleitet wurde. Mancherorts schien diese Tätigkeit zu den interessantesten Ereignissen des lieben langen Tages zu gehören, denn die Brunnenschöpfer erfreuten sich immer einer ganzen Anzahl von Zuschauern.

Zu den herausragend unvergesslichen Eindrücken gehörte für mich die Nacht, die wir in einer jener Oasen, deren Bau die Vorfahren der heutigen Bewohner bereits im Mittelalter begonnen hatten. Sie hatten eine etwa fünfzig Meter tiefe Senke in den Sandboden gegraben, bis sie auf eine Wasserquelle stießen. Nach und nach hatten sie die Fläche erweiterten und Dattelpalmen gepflanzt, von denen sie jede einzeln bewässerten, bis ihre Pfahlwurzeln so tief gewachsen waren, dass sie sich selbst aus der Tiefe mit Wasser versorgen konnten. Die Fläche des Loches wurde im Lauf der Jahre immer mehr erweitert, bis schließlich unter den Palmen Gemüse und Früchte angepflanzt werden konnten. Auf diese Weise entstand fünfzig Meter unterhalb des umgebenden Landschaftsniveaus eine Oase. Bei manchen Oasen mussten auch während unserer Reise in den siebziger Jahren des zwanzigsten Jahrhunderts die Menschen aus Platzmangel und um die Haustiere von den Pflanzungen fernzuhalten, außerhalb der Oasen wohnen. Auch unsere Unterkunft befand sich außerhalb der Oase. Um uns die Pflanzungen näher anzusehen, ritten wir per Kamel auf einem Saumpfad in die Oase hinunter. Da mir der Ritt auf dem Kamel nicht wirklich geheuer war, setzte ich mich beim Rückweg auf den Rücken eines Esels. Das war ganz angenehm und ich hatte das Gefühl, wenn nötig ohne großes Risiko abspringen zu können.

Im Berberdorf Matmata bauten sich die Einwohner schon seit mehreren Jahrhunderten angenehm kühle Wohnhöhlen. Dazu gruben sie etwa acht Meter tiefe zylindrische Schächte mit zehn bis fünfzehn Metern Durchmesser senkrecht in die Erde. Am Boden des Schachts, aber auch in verschiedenen Höhen der senkrechten Schachtwände, befanden sich höhlenartige, waagrecht in die Wände gegrabene Lager- und Wohnräume. In einige dieser Räume konnte man nur mit Hilfe von herabhängenden dicken Seilen und in die Schachtwände geschlagenen und für die Hotelgäste weiß markierten Tritten gelangen. In solchen etwa einen Meter sechzig hohen Wohnhöhlen wohnten wir in Matmata. Das Hotel bestand aus mehreren wie vorher beschriebenen Schächten, die untereinander durch Gänge verbunden waren. In einem der Schächte befand sich das Hotelrestaurant, in dem wir vorzüglich speisten. In den anderen Schächten befanden sich die Wohnhöhlen der Gäste. Die Nächte in diesem Hotel waren die einzigen während der ganzen Safari, die wir nicht unter freiem Himmel verbrachten, denn im Inneren der Höhlen war es angenehm kühl. Als Bett diente ein Lattenrost, auf dem eine mit einem Leintuch bezogene Matratze lag. Die weitere Einrichtung der Wohnhöhle bestand aus .einem Ablagebrett, das auf halber Höhe an der Wand befestigt war.

Die sanitären Einrichtungen, also die Waschräume, Duschen und Toiletten befanden sich in den Verbindungsgängen zwischen den Schächten. Es gab keinen elektrischen Strom; als Lichtquelle wurden an der Rezeption jedem Hotelgast ein Kerzenhalter und Zündhölzer überreicht. An dem Nachmittag, als wir das Hotel bezogen, duschte ich zum ersten Mal in meinem Leben bei Kerzenlicht. Ich genoss die eigenartige, irgendwie romantische Stimmung beim Duschen. Schlechter erging es einem Mitreisenden, der mit Magenschmerzen und Durchfall in großer Eile Das Stehklosett aufsuchen musste. Um sein anstrengendes Geschäft nicht im Dunklen verrichten zu müssen, stellte er seine Kerze auf die obere Kante der Toilettentüre. Ganz mit seinen Magenschmerzen beschäftigt, war er dankbar, dass er sich an zwei Griffen an der Innenseite der Türe festhalten konnte, während er in hockender Stellung sein Geschäft verrichtete. Er hatte in der Eile übersehen, dass die Holztüre schon leicht angemorscht war. Jedenfalls hielt der Belastung durch einen sich sehr anstrengenden Menschen nicht stand und brach aus den Angeln. Die Kerze fiel zu Boden und verlöschte. Nun lag der arme Toilettenbesucher mit heruntergelassenen Hosen im Stockdunklen unter der schweren Türe auf dem glitschigen Boden des Stehklosetts. Überall wo er mit seinen Händen hinfasste, um sich aus dieser höchst unangenehmen Lage zu befreien, war es schmierig. Als er einsehen musste, dass alle seine Bemühungen, sich selbst zu befreien, vergeblich waren. rief er laut um Hilfe. Aber es dauerte eine gefühlte Ewigkeit, bis

123

jemand sein inzwischen fast verzweifeltes Rufen hörte. Er wurde zwar unverletzt vom Hotelpersonal unter der Türe hervorgeholt, aber wer den Schaden hat, erntet oft auch Spott, und dieses Sprichwort kam auch in diesem Fall zur Geltung. Von diesem Missgeschick und den spöttelnden Kommentaren der anderen Hotelgäste peinlich berührt, schwänzte er das gemeinsame Abendessen, denn hatte er nur noch den Wunsch, möglichst lange unter der Dusche zu stehen.

Sekt oder Champagner?

Eiskalte Böen fegten von Frankreich her über die schon vor Wochen abgeweideten Wiesen des breiten, trogförmigen Tals im Schweizer Jura, in dem ich an diesem trüben Nachmittag unterwegs war. Windböen fegten Haufen von abgestorbenem Laub vor sich her und fuhren durch meine leider nicht winddichte Jacke. Ich war mit forciert raschem Schritt unterwegs, um mich zu wärmen, trotzdem schüttelte mich ein fröstelnder Schauer nach dem anderen. Graue Hochnebelfetzen, klamme, durchdringende Feuchtigkeit, kein Mensch außer mir auf der Straße. Die düstere Stimmung drückte auf meine Laune. Die dichte Wolkendecke ließ die Dämmerung schon früh am Nachmittag beginnen. Unheimlich und geisterhaft wirkten die Nebelfetzen, die der Wind vor sich her jagte. Wäre ich abergläubisch, dann hätte es mich vielleicht nicht nur äußerlich, sondern sogar bis tief in die Seele hinein gefroren. Die Stimmung war genau passend. Aber da vorne sah ich ja schon die Lichter der hell erleuchteten Champagnerkellerei, deren Patron mich vereinbarungsgemäß höchstpersönlich erwarten würde.

Ich war skeptisch. Wie würde der höchstpersönliche Patron reagieren, wenn ich ihn fragte, ob sein Schaumwein, der ja außerhalb der französischen Region Champagne gekeltert wurde, überhaupt den Namen Champagner tragen durfte. Würde er mir blumenreich umschriebene Ausflüchte über Ausnahmen für jahrzehntealte, abgehobene Schweizer Traditionsbetriebe erzählen? Oder würde ich in den nächsten Stunden auf meine Fragen über Sekt, Schaumwein und Champagner Antworten eines kompetenten Fachmannes bekommen?

Auf derartige Fragen hatte ich in den letzten Tagen widersprüchliche Antworten gehört. Ich war also gespannt, was man mir hier erzählen würde. Neugierig machten mich außerdem einige Geschichten, die mir vor einigen Stunden in dem Landgasthaus, in dem ich n den nächsten Tagen wohnen würde, unter verschwörerisch vorgehaltener Hand anvertraut worden waren. Natürlich hatten die geheimnisumwitterten Geschichten mein Interesse geweckt. Aber auch mein Misstrauen, denn vielleicht hatten die Erzähler mich unwissenden Fremden einfach angeflunkert. Wie dem auch sei, ich war immer der Meinung, dass auch eine gut geflunkerte Geschichte es wert ist, gehört zu werden. Einfach wegen der amüsanten Unterhaltung. Der Wirt (War es der Wirt oder nur ein gut eingeführter Stammgast?) hatte mir in Französisch gefärbtem Deutsch mit subversiv klingender Stimme zugeflüstert, man habe früher in dieser Gegend illegal die „Grüne Fee" gebrannt, deshalb säße bei vielen Talbewohnern ganz tief drinnen in der Seele eine subversive Triebkraft.

Obwohl ich in der Regel geflüsterte Unterhaltungen ablehne, wurde ich sofort hellhörig, als ich die Bezeichnung „Grüne Fee" hörte: War das nicht dieser Absinthschnaps mit den berüchtigten Eigenschaften, um den sich so manche romantische Geschichte von Leidenschaft und umnachtetem Tod rankte? Auf meine Frage hin, ob dieser Schnaps nicht verboten sei, beruhigte mich der Erzähler mit dem Hinweis, heutzutage könne man das Gebräu legal herstellen und in den Handel bringen. Aber bis weit in die zweite Hälfte des zwanzigsten Jahrhunderts hinein sei sowohl die Herstellung als auch der Besitz der „Grünen Fee" mehrere Jahrzehnte lang streng verboten gewesen. In diesem Tal habe man aber trotz aller Verbote im Geheimen fleißig diesen Schnaps gebrannt. Dabei seien die öfters schnüffelnd zwischen den Häusern herumschleichenden Kontrollbeamten immer wieder mit höchst abenteuerlichen Tricks hinters Licht geführt worden.

Einige dieser Geschichten hatte ich schon gehört. Allerdings hatte das Verbot damals gute Gründe, denn die „Grüne Fee" versprach ihrem Liebhaber zwar schwärmerisch entrückte Träume, der Genießer setzte sich jedoch dem Risiko aus, dem Wahnsinn zu verfallen. Unter den Opfern sollen einige prominente Personen aus einflussreichen gesellschaftlichen Kreisen gewesen sein. Deshalb das Verbot. So mancher leidenschaftliche Schwärmer ignorierte jedoch die drohende Gefahr. Dabei drohten dem Genießer zusätzlich zu geistiger Umnachtung auch noch akute und chronische Schädigungen von inneren Organen. Verstärkt wurden diese Gefahren noch dadurch, dass manche dieser Spirituosen hastig und schlampig gebrannt waren und gesundheitsschädliche Substanzen enthielten.

Romantisch veranlagte Menschen neigen jedoch leider oft dazu, offensichtliche Gefahren zu ignorieren. In Erwartung süßer Träume und den Reiz des Verbotenen auskostend, waren sie bereit, hohe Preise für die illegal gebrannte Spezialität aus Wermut, Anis, Fenchel und anderen Kräutern zu bezahlen. Einige dieser Romantiker waren auch höchst kreativ darin, geheime Gefäße zu entwickeln, in welchen sie die „Grüne Fee" unauffällig möglichst immer bei sich haben konnten. Eines dieser höchst raffiniert gestalteten Gefäße hatte ich in einem ländlichen Museum im angrenzenden Frankreich gesehen: es handelte sich um eine silberne Flasche, die höchst raffiniert im zierlichen Knauf eines Spazierstocks eingearbeitet war.

Wegen der Preise, welche sich beim illegalen Brennen dieser Wermutspirituose erzielen ließen, florierte trotz aller Verbote und Kontrollen die Schwarzbrennerei. Heute ist das Brennen der „Grünen Fee" nicht mehr illegal ist und entspricht strengen Qualitätsregeln. Deshalb erzählten alte Bauern aus dieser Gegend sogar in Gegenwart des Dorfgendarmen, mit welchen Tricks es ihnen gelungen war, ihre illegalen Aktivitäten vor den Kontrollorganen zu verbergen. Obwohl diese Geschichten schon uralt und die Taten schon lange verjährt seien, bekam jedoch mancher Beamte beim Zuhören ein merkwürdiges Zucken um die Mundwinkel, wurde mir erzählt.

Trotz dieser wärmenden Gedanken an die „Grüne Fee" fröstelte es mich inzwischen bis auf die Knochen. Ich war froh, als ich die mit originellem, etwas

gewagtem Stil an ein vornehmes Bauernhaus ange-
baute Champagnerkellerei erreichte. Ich genoss den
angenehm beheizten Empfangsraum, in dem mich
eine junge Frau in einem dezenten schwarzen Busi-
nesskostüm begrüßte. Dunkelgrüne Flaschen mit
schlanken Hälsen, teilweise mit prunkvollen Etiketten verziert, standen in einer Glasvitrine. Aufgereiht
in mehreren Größen, von der neckischen Piccoloflasche
sche bis zur dickbauchigen Magnum. Offensichtlich
sollte der potenzielle Käufer von Beginn an auf das
Sortiment der Kellerei eingestimmt werden. In vornehmen Holztönungen gealterte Fässer machten
mich neugierig, wie es im Gärkeller dieses Betriebes
wohl heute aussah. Neben den Fässern standen
mehrere A-förmige Gestelle, in denen mit den Hälsen schräg abwärts ausgerichtete Flaschen steckten.
Von solchen „Champagnerrüttlern" hatte ich schon
gehört. Sie sahen schon ziemlich alt aus Ihr Alter
sollte vermutlich auf die lange Tradition dieser
Champagnerkellerei hinweisen.

   Meine Frage, ob diese Firma ihr Erzeugnis wirklich Champagner nennen durfte, konnte ich nun sofort an einen distinguiert wirkenden, lockig ergrau-
ten Herrn richten, der sich mit zurückhaltender Mine
als Seniorchef vorstellte. „Ist dieser Produktname
nicht ausschließlich für die Schaumweine aus Frankreich geschützt?" präzisierte ich meine Frage.

   Darauf komme er noch zurück, meinte er mit betont reserviertem Gesichtsausdruck, sobald er mich
durch den Betrieb geführt habe. Danach würde ich
seine Erläuterungen zu diesem Thema besser verste-

hen. Er bat mich in ein sehr großes, mit gepflegten roten Klinkersteinen ausgemauertes Kellergewölbe. Hier standen in zwei Reihen ungefähr ein Dutzend Champagnerrüttler wie ich sie im Eingangsbereich gesehen hatte. In jedem Querbrett dieser A-förmigen Gestelle steckten mehrere Champagnerflaschen mit schräg nach unten zeigenden Flaschenhälsen. Sehr traditionell fand ich und fragte, ob das heute noch wirtschaftlich sei. Nur zu Schauzwecken, gab der Patron zu. Für die heutige Zeit überzeugender fand ich die schräg stehenden, würfelförmigen Gitterkörper aus nichtrostendem Stahl, die sich ebenfalls in diesem Keller befanden. Sie hatten Kantenlängen von etwa eineinhalb Metern und waren so geneigt, dass die Hälse der eingeordneten Flaschen wie bei den manuellen Champagnerrüttlern ebenfalls schräg nach unten zeigten. Die Flaschen waren so befestigt, dass sie sich nicht von der Stelle rühren konnten, wenn der gesamte schräg stehende Würfel von Zeit zu Zeit um einige Grade weitergedreht und kurz gerüttelt wurde.

Sichtlich amüsiert bemerkte der Patron, dass mir die Frage immer noch buchstäblich auf der Zunge brannte, ob und weshalb er seinen Schaumwein als „Champagner" bezeichne. Offensichtlich wollte sich das Vergnügen gönnen, mich noch ein Weilchen in meiner Neugier schmoren zu lassen. „Lassen sie mich meine Erklärungen damit beginnen, ihnen die Erzeugung unseres Qualitätsproduktes etwas detaillierter zu beschreiben", begann er mit seinen Erklärungen.

„Also prinzipiell ist es so", erklärte er, „dass der Traubensaft, aus dem Champagner werden soll, zunächst wie jeder andere Wein in einem Fass oder Tank vor sich hin gärt, bis aus ihm Wein geworden ist. In unserem Hause wird der fertig ausgegorene Wein in den meisten Fällen mit anderen Weinen gemischt. Fachlich korrekt sagt man dazu, dass der Wein verschnitten wird. Wir bezeichnen diesen Verschnitt als Cuveé. Lediglich Jahrgangssekt besteht aus einer einzigen Weinsorte.

Sowohl dem Cuveé als auch jenem Wein, aus dem Jahrgangssekt werden soll, mengen wir anschließend den „Liqueur de tirage" bei. Diese Mischung aus sogenanntem stillem Wein, Champagnerhefe und Zucker stellen wir in unserem Haus selbst her. Der Zucker und die Hefe des „Liqueur de tirage" bewirken eine zweite Gärung im Cuveé, die nun jedoch in der Flasche stattfindet. Während dieser zweiten Gärung ist die Flasche noch nicht mit dem endgültigen Korken verschlossen sondern mit einem Kronenkorken. Unterhalb des Kronenkorkens befindet sich ein Kunststoffhütchen im Flaschenhals, das mit seiner Öffnung zum Inneren der Flasche zeigt. Wie sie bereits gesehen haben, hängen die Flaschen während dieser zweiten Gärung mit dem Hals schräg nach unten in einem Gestell. Durch regelmäßiges „Rütteln" und gleichzeitiges Weiterdrehen um einige Grad bewegt sich die an der Wandung der Flasche abgesetzte Hefe spiralförmig so in Richtung Flaschenhals, dass sie sich schließlich im Kunststoffhütchen sammelt. Traditionell geschieht dieses Rütteln

131

von Hand, wie sie jedoch an den schräg stehenden Würfeln aus Edelstahl gesehen haben, bedienen wir uns zunehmend auch rationellerer Methoden.

Ist die Gärung fertig, wird der Flaschenhals eingefroren und dann die Flasche im aufrechten Zustand geöffnet. Nun lässt sich das Kunststoffhütchen samt der darin angesammelten Hefe entnehmen. Obwohl die Flasche beim Öffnen aufrecht steht, entweicht kaum etwas vom köstlichen Inhalt, denn erstens befindet sich im Flaschenhals ein Eispfropfen, zweitens bildet sich beim Aufstellen der Flasche eine Kohlendioxidblase zwischen dem Champagner und dem Eispfropfen, und drittens ist der Champagner so kühl dass er kaum aufsprudelt. Bei diesen tiefen Temperaturen entspricht der Druck im Inneren der Flasche etwa jenem in einer Mineralwasserflasche. Nach der Entfernung der Hefe wird die Flasche mit einem Korken endgültig verschlossen und dieser mit einer Schnur oder mit einem Metallstreifen gegen das Herausdrücken gesichert.

Während der Gärung entsteht in der Flasche ein Überdruck von zirka sechs bar. Ein derart hoher Druck im Inneren einer Glasflasche erscheint einigermaßen bedrohlich, aber die Flaschen, die wir verwenden, sind für wesentlich höhere Drücke ausgelegt. Die herstellende Fabrik testet die Druckfestigkeit der Glasflaschen sogar mit einem Überdruck von 40 bar.

Der Konsument erwartet von echtem Champagner, dass er mit einem echten Korken verschlossen ist. Damit dieser dem hohen Druck in der Flasche standhält, besteht er aus drei Schichten: Die beiden untersten Korkscheiben sind jeweils vier Millimeter dick und sorgen für die nötige Dichtung, der darüber liegende Korkkörper besteht aus geschrotetem Kork und sorgt für die nötige Stabilität. Zum Verschließen der Flasche wird der Kork mit Dampf weich gemacht und dann maschinell in den Flaschenhals einge-presst.

Mit dem traditionellen Verfahren, das ich ihnen hier beschrieben habe, dauert die Herstellung von Champagner zirka zwei Jahre", führte der Patron weiter aus. Weiter betonte er, dass der Gärungspro-zess nach der Flaschengärung vollständig abgeschlos-sen sei, eine anschließende längere Lagerung steige-re die Qualität des Champagners daher keineswegs. Stattdessen stellten Kenner bereits nach etwa drei Jahren Lagerung einen deutlichen Qualitätsverlust fest.

Auf einem Flaschenetikett sah ich die Bezeich-nung „Brut de Brut". „So eine Flasche enthält einen trockenen, vollständig ausgegärten Champagner", erklärte er, während sich Flaschen mit den Bezeich-nungen "Sec" oder "Demi Sec" halbsüße oder süße Champagner abgefüllt seien, deren Süßegrad vor dem Verkorken der Flasche durch Zugabe von süße-ren Weinen eingestellt werde.

„Und nun komme ich auf ihre zu Beginn gestell-te Frage zurück", setzte der Patron seine Erklärungen fort: „Champagner ist, wie vermutet haben, ein ge-setzlich geschützter Markenname. Wenn ein Schaumwein nicht aus dem französischen Gebiet

Champagne stammt, darf er nicht unter der Bezeichnung Champagner auf den Markt gebracht werden. Dies ist selbst dann der Fall, wenn er, wie in unserem Hause, präzise nach dem Champagnerverfahren hergestellt wurde. Aus diesen Gründen kommen Schaumweine, die im Prinzip genauso edel sind wie Champagner, die aber aus anderen Gegenden stammen, unter Bezeichnungen wie Sekt, Prosecco oder Schaumwein auf den Markt. Wie sie aus meinen Erklärungen schließen können, lässt sich aus diesen Bezeichnungen allein also kein Rückschluss auf das Herstellungsverfahren ziehen. Eher schon aus näheren Beschreibungen auf dem Etikett der Flasche. Auf so einem Etikett steht dann zum Beispiel, dass der Inhalt nach dem Champagnerverfahren hergestellt sei. Wenn sie unsere Etiketten genau anschauen, steht präzise diese Beschreibung drauf. Wir behaupten also nicht, dass sich Champagner in der Flasche befindet, sondern informieren, dass der Flascheninhalt nach dem Champagnerverfahren hergestellt wurde", betonte der Patron der Kellerei.

„Wie sie täglich feststellen können, steht das traditionelle Champagnerverfahren bei Genießern in wesentlich höherem Ansehen als die heute viel häufiger angewendeten industriellen Herstellungsverfahren. Dabei sind sich Fachleute bei der Beurteilung der Qualität keinesfalls einig, ob dem einem oder dem anderen Verfahren der Vorzug zu geben ist. Ich selbst würde keinesfalls die Behauptung wagen, industriell hergestellter Schaumwein sei von minderer Qualität als jener, der auf die traditionelle Art entstanden ist. Das Argument, dass die industrielle Herstellung kostengünstiger ist, kann meines Erachtens nicht als Argument für mindere Qualität herangezogen werden.

Wenn ich ihnen kurz das industrielle Verfahren erkläre, wird es ihnen schnell klar werden, weshalb es günstiger ist als das traditionelle Champagnerverfahren: Erstens findet beim industriellen Verfahren die zweite Gärung des Schaumweins nicht in der Flasche statt sondern meist in einem mehrere Kubikmeter fassenden Edelstahlbehälter. Die Hefe muss daher nach Abschluss dieser zweiten Gärung nicht aus jeder einzelnen Flasche entfernt werden, sondern wird aus dem Schaumwein herausgefiltert. Allerdings entweicht beim Filtern eine große Menge des Kohlendioxids aus dem Schaumwein, deshalb muss nachträglich wieder Kohlendioxid in den Schaumwein eingepresst werden.

Der Kenner kann industriell hergestelltem Sekt und Champagner an der Art unterscheiden, wie die Kohlendioxidbläschen im Glas aufsteigen: Bei Sekt, der nach dem Champagnerverfahren hergestellt wurde, entstehen die Kohlendioxidbläschen an einzelnen Punkten und schweben von diesen wie feine Perlenschnüre nach oben. Bei industriell hergestelltem Sekt bilden sich größere Kohlendioxidbläschen, die nicht wie Perlenschnüre, sondern ähnlich wie bei Mineralwasser im gesamten Bereich der Flüssigkeit aufsteigen.

Anschließend an diese Besichtigung führe ich sie noch durch unser kleines betriebsinternes Museum", begann der Patron seine Verabschiedung. „In unserem Schauraum können sie anhand einiger Kostproben selbst entscheiden, welche Art von Schaumwein ihnen am besten zusagt und ob sie in unserem Angebot auch außergewöhnlich wohlschmeckende Sorten für besonders feierliche Anlässe finden. Und da sie heute in unserem geschichtsträchtigen Tal unterwegs sind, darf ich vielleicht anregen, sich bei der Auswahl etwas von der romantischen Stimmung dieser Gegend beeinflussen zu lassen", schloss er mit einem verschmitzten Lächeln. „Zu ihrer weiteren Betreuung überlasse ich sie unserem Museumschef, Herrn Jean Pitteré. Er gilt als ausgewiesener Schaumweinkenner und wird ihnen auch gerne die eine oder andere Flasche fachmännisch einpacken, falls sie sich zu einem Kauf entschließen sollten."

Der Bleifuß des Fährmannes

Tief unten im Tobel hinter Andelsbuch im Bregenzerwald bauten vorausschauende Energieunternehmer im Jahr 1908 ein Wasserkraftwerk, das mit einer installierten Leistung von über fünfzehn Megawatt und jährlich über 50 Gigawattstunden auch heute noch einen beachtlichen Beitrag zur elektrischen Energieversorgung von Vorarlberg erbringt. Seit 1992 wird das Wasser unterhalb des Kraftwerkes nicht mehr direkt in das Flussbett der Bregenzer Ache eingeleitet, sondern gelangt durch einen kurzen Stollen in ein Ausgleichsbecken und von dort durch einen Druckstollen zu einem Kraftwerk im Tobel unterhalb von Alberschwende. Seit das Wasser durch den Stollen muss, führt die Bregenzer Ache auf dieser Strecke nur noch an wenigen Tagen im Jahr genügend Wasser für den Wildwassersport. Aber wenn sie genügend Wasser führt, gehört sie zu den schönsten in Mitteleuropa und lockt sportliche Touristen aus mehreren hundert Kilometern Entfernung in den Bregenzer Wald.

Wer mit dem Wildwasserboot unterhalb des Kraftwerks Andelsbuch unterwegs ist und neben der sportlichen Herausforderung auch die Umgebung genießt, dem fällt ein Stück nach dem Damm des Ausgleichsbeckens am rechten Ufer ein eigenartiges Bauwerk auf. Seine Wände bestehen aus stabilen Holzbalken, viel zu stabil eigentlich für seine Größe, denn es ist nur etwa zweieinhalb oder drei Meter breit und vier oder fünf Meter lang. Der First seines Giebeldaches weist im rechten Winkel vom Flussufer weg auf Andelsbuch hin und ist etwa vier oder fünf Meter hoch. Das Gebäude ist an beiden Enden offen und auf der Andelsbucher Seite führen einige Stufen bis auf die Bodenhöhe des Gebäudes. Es ist weder bewohnt, noch wird Heu oder Holz darin gelagert. Wer dieses Gebäude sieht, der fragt sich, was es für einen Sinn haben soll. Ich selbst ziehe aus meinen Kindheitserinnerungen den Schluss, dass es sich um den Nachbau der östlichen Kopfstation einer früheren Seilschwebefähre handelt, welche den Fußweg zwischen Andelsbuch und Schwarzenberg verkürzt hat.

Mitte der neunzehnhundertfünziger Jahre verbrachte ich im Alter von etwa sieben bis neun Jahren einen Teil meiner sommerlichen Schulferien im Ferienheim Maien oberhalb von Schwarzenberg. Die Aufsichtspersonen, jeweils zwei etwa zwanzig Jahre junge Frauen und ein Dornbirner Volksschullehrer, unternahmen immer wieder lange Ausflüge mit uns Kindern. Einer dieser Ausflüge führte uns zu Fuß bis nach Andelsbuch und dabei benützten wir zur Überfahrt über die Bregenzer Ache genau diese Fähre.

Soweit ich mich erinnere, hing die Fährkabine an Rollen, die auf zwei parallel von Ufer zu Ufer verlaufenden Drahtseilen liefen. Angetrieben wurde die Fähre durch die Muskelkraft des Fährmanns, der sie an einem dritten Seil, das mitten durch die Fährkabine führte, von einem Ufer zum anderen zog. Er brauchte dazu viel Kraft, denn obwohl die Seile, an denen die Fähre lief, stark gespannt waren, hingen sie natürlich durch und von der Mitte an musste er die Fährkabine zunehmend steiler aufwärts ziehen bis sie endlich am anderen Ufer wieder festmachen konnte. Zumindest aus der Perspektive von uns kleinen Jungen wirkte der Fährmann äußerst wuchtig und hatte das gebieterisch verschlossene Gesicht, wie es damals viele Erwachsene zur Schau trugen. Jedenfalls wirkte er auf uns Angst einflößend, obwohl er fast nichts sagte. Beim Ziehen der Fährkabine stand er mit einem Fuß vorne und dem anderen weiter hinten zwischen uns an beiden Seiten der Fährkabine sitzenden Kindern. Seine Füße steckten in schweren Holzschuhen und wahrscheinlich deshalb merkte er überhaupt nicht, dass er mit einem seiner Füße auf den Zehen meines linken Fußes stand, die ich vergessen hatte, rechtzeitig zurückzuziehen. Meine Füße steckten in den damals für Kinder üblichen Turnschuhen aus dünnem Stoff mit einer Sohle aus Spaltleder. Sie waren ein Nichts, das etwas besser als barfuß war und keinerlei Schutz bot.

Sicher ohne es zu wollen, wirkte dieser große Mann mit seinem finster abweisenden Gesicht auf uns sehr einschüchternd. Aus diesem Grund wagte ich es nicht, ihn darauf aufmerksam zu machen, dass er mit seinem ganzen Gewicht auf meinen Zehen stand. Vermutlich fürchtete ich mich vor einem höchst groben Verweis, dass ich selbst schuld sei, wenn ich meine Füße nicht rechtzeitig in Sicherheit bringen könne. So litt ich während der etwa dreißig oder vierzig Meter langen Überfahrt an den Schmerzen meiner gequetschten Zehen und versuchte während jeder leichten Entlastung des Fährmannfußes meine Zehen Millimeterweise zurückzuziehen. Am anderen Ufer angekommen, machte der Fährmann einen Schritt nach vorne, um aus der Fährkabine herauszutreten und diese so zu sichern, dass wir gefahrlos aussteigen konnten. Bei diesem Schritt bekamen meine Zehen noch einmal das gesamte Gewicht des schweren Mannes zu spüren. Aber bei diesem Schritt merkte er endlich, dass sich etwas unter seinen Füßen befand. Als er sah, dass es sich um den Fuß eines kleinen Jungen handelte, erschrak er sichtlich. Ich weiß nicht mehr, ob und mit welchen Worten er sich entschuldigte, denn in den Ohren von uns Jungen klangen damals selbst Entschuldigungen von Erwachsenen sehr oft ziemlich grob. Sicher ist, dass ich äußerst froh war, dass meine Zehen nicht mehr unter Belastung von mehreren Dutzend Kilogramm durchgewalkt wurden.

Mit mir allein auf Wache

Wachposten am Kasernentor hielt ich für einen der langweiligsten Dienste, zu denen man bei der Ableistung seiner Wehrpflicht eingeteilt werden konnte. Besonders während der späten Nacht wollte und wollte der Stundenzeiger auf der Armbanduhr sich nicht vorwärts bewegen. Jeder von uns fand das so absurd, dass die Nachtstunden immer ohne das geringste Schlafbedürfnis beim Abfeiern mit Gleichaltrigen in Parties und Diskotheken rasend schnell verflogen, aber wenn man auf Wache stand und das Wachbleiben Verpflichtung war, nahmen diese Stunden kein Ende und dauerten eine gefühlte Ewigkeit. Ja eben, dass die Ewigkeit gefühlt ist, war uns natürlich schon klar, aber diese Einsicht hilft nicht weiter, wenn man Gefahr läuft, dass einem vor Langeweile und Müdigkeit die Augenlider nach unten klappen und man das Gefühl hat, im nächsten Moment in Morpheus' Arme zu sinken. Es gab auch keinen regen Autoverkehr, der einen leichter wach gehalten hätte, und kaum Passanten, in die man sich zur eigenen Unterhaltung alles Mögliche hätte hineindenken können. Hier war nachts tote Hose, überhaupt nichts los, denn die Kaserne befand sich an einer menschenleeren Vorstadtstraße, die im Nirgendwo endete. Ich musste immer wieder alle Kraft aufbieten, damit ich nicht vom Schlaf übermannt wurde.

Es ging nicht nur mir so, aber dieses Wissen nützte überhaupt nichts, denn im Kampf gegen das Einschlafen war jeder allein. Natürlich versuchte jeder von uns irgendwelche Tricks und wir tauschten natürlich auch unsere Erfahrungen mit diesen Tricks aus. Schäfchen zählen oder Atemzüge zählen war überhaupt keine gute Idee. Zählen konnte das Schlafbedürfnis ganz plötzlich ungemein steigern. Ausgezeichnet hingegen wirkten die unangekündigten Inspektionen des für mehrere Kasernen im Garnisonsbereich zuständigen Standortoffiziers. Zwei oder drei Mal in der Woche kurvte er in einem Jeep in einem Höllentempo heran. Natürlich fuhr er nicht selbst, das besorgte der Offiziersfahrer, aber beiden sah man an, dass ihnen die nächtlichen Fahrten im Jeep großen Spaß machten. Jedes Mal hielt das Fahrzeug direkt vor die Schranke neben dem rot-weiß gestrichenen Wachhäuschen an, dann stieg der Offizier in Respekt gebietender Manier aus dem Fahrzeug, erwiderte lässig das zackige Salutieren des Wachpostens und nahm dann dessen Meldung entgegen. Ich fiel dadurch auf, dass ich regelmäßig den Dienstausweis des Herrn verlangte, bevor ich Meldung machte, was hin und wieder mit einer verdutzten Miene quittiert wurde, bevor ich den Dienstausweis zu sehen bekam. Es fuhren natürlich verschiedene Herren als Standortoffiziere daher um die Wachen der Garnison zu überprüfen. Höchstwahrscheinlich dachte sich jedoch keiner von ihnen, dass ich mich über derartige Kontrollbesuche immer sehr freute, denn der Adrenalinschub, den diese zackigen Herren bei mir auslösten, sorgte dafür, dass ich in der darauf folgenden Stunde ohne Mühe hellwach und höchst aufmerksam war. Ich hätte mir gewünscht, dass der

Herr Standortoffizier viel öfter mit seinem Jeep herangekurvt wäre.

Ziemlich nützlich bei der Bekämpfung des Schlafbedürfnisses erwiesen sich im Spätfrühling und Frühsommer auch die Gedanken an die Tochter des Kasernenkommandanten. Sie pflegte an trockenen Abenden bei untergehender Sonne die Salat- und Gemüsepflanzen im Garten ihrer Eltern mit Wasser zu versorgen. Der mindestens dreihundert Quadratmeter große Garten grenzte direkt an den Wachbereich. Durch den Zaun, der um die Kaserne gezogen war, konnte der einsame junge Soldat, beobachten, wie das etwa gleich alte hübsche Mädchen in engen Jeans die Pflanzen goss. Dabei steuerte sie mit wedelnden Bewegungen des Schlauches den Wasserstrahl gleichmäßig über die Pflanzen und sorgte so dafür, dass Blattsalat, Blumenkohl, Radieschen und alles, was sonst noch dort wuchs und gedieh, seine gerechte Wasserzuteilung bekam. Ein faszinierender Anblick für einen jungen Wachsoldaten. Sie trug unglaublich gut sitzende Jeans und es schien sie überhaupt nicht zu stören, dass sie bei ihrer Tätigkeit beobachtet wurde. Ja, die Gedanken an sie machten die einsamen Stunden auf Wache kurzweiliger.

Aus Gründen, an die ich mich nicht mehr erinnere, war unsere Kaserne mehr als drei Monate lang nur von etwa dreißig Mann belegt. Für einen regulären Wachdienst mit mehreren Mann war sie damit unterbesetzt. Aus diesem Grund grub die Obrigkeit eine alte Vorschrift aus den Zeiten der B-Gendarmerie aus: die sogenannte Torinspektion, bei der jeweils nur zwei Mann zum Wachdienst eingeteilt werden mussten. Im Zweistundenrhythmus hatte jeweils einer Wache zu schieben während der andere schlafen durfte. Eine tückische Sache, wie sich herausstellte, denn für denjenigen, der wach sein musste, zogen sich die Stunden endlos in die Länge, während für den andern die beiden Schlafstunden in Windeseile verflogen. Kaum war er eingeschlafen ertönte die Alarmglocke, mit welcher der draußen wachhabende Kamerad seine Ablösung forderte. Diesen Zweistundenrhythmus fanden wir ziemlich strapaziös, deshalb versuchten wir eine Alternative. Der Wache schiebende stand jetzt nicht mehr zwei sondern vier Stunden am Tor, dafür durfte er vorher oder nachher vier Stunden schlafen. Gegenüber der Obrigkeit wurden diese Abmachungen natürlich geheim gehalten. Es war ein Genuss, vier Stunden durchschlafen zu können. Dafür aber war der Kampf gegen den Schlaf umso härter, wenn man draußen vier Stunden lang Wache stand. Deshalb gaben wir nach zwei oder drei Wochen dieses Ablösungssystem wieder auf.

Mit der Zeit erledigte sich für mich die Sache mit dem übergroßen Schlafbedürfnis ohnehin von selbst. Ich gewöhnte ich mich an die kurz hintereinander folgenden Schlaf- und Wachphasen. Fand mich damit ab, während der Nacht nur zwei Mal zwei Stunden lang schlafen zu können. Ich genoss dann sogar die einsamen Stunden in der Nacht. Besonders natürlich in den sternenklaren Nächten, wenn der große und der kleine Wagen im Lauf der Stunden ihren Bogen um den Polarstern zogen. Und wenn der klar umrissene zu- oder abnehmende Mond einen sonnigen nächsten Tag versprach. Aber auch, wenn ein dunstiger Hof um den Mond herum Regenwetter ankündigte.

Natürlich ohne in meiner pflichtgemäßen Wachsamkeit nachzulassen, ließ ich in diesen Nächten meine Gedanken frei hinaus schweifen. Begann über dies und jenes in den vergangenen Jahren genauer nachzudenken: was ich bisher im meinem noch jungen Leben nützliches und weniger nützliches getan und was ich versäumt hatte zu tun. Ich ordnete meine Gefühle gegenüber Personen, die ich in den letzten Jahren kennengelernt hatte. Stellte meine Beziehungen zu Freunden und zu Mädchen, die ich kannte oder kennenlernen wollte, auf den Prüfstand. Ich nutzte die Gelegenheit, die mir die einsamen Stunden boten, um wirre Gedanken zu ordnen. Sammelte zustimmende und ablehnende Argumente, um bei Entscheidungen und Entschlüssen genau zu wissen, weshalb ich sie getroffen hatte. Es erwies sich von da an, dass ich mit dieser Zuordnung von Argumenten bei Diskussionen immer wieder stichhaltige Gründe für meine Standpunkte zur Hand hatte und in Gesprächen schlagfertiger reagieren konnte. Bei der Beschäftigung mit mir selbst entdeckte ich damals völlig unerwartet, mir selbst höchst sympathische Seiten meiner Person. Von da an freute ich mich beim Antritt zum Wachdienst auf das nächtliche Stelldichein mit mir selbst.

Lachgas

Zahnarztbesuche sind für viele Zeitgenossen mit ziemlicher Nervosität verbunden. So war es auch bei mir, als ich Ende der sechziger Jahre auf dem Behandlungsstuhl eines Zahnarztes Platz genommen hatte und auf eine Lachgasnarkose wartete. Das Nasenstück des Narkoseapparates fühlte sich komisch an. Irgendwie zweifelte ich an der Wirkung der Lachgasnarkose, denn einige, sich wohlinformiert gebende Mitmenschen hatten mir vorher eine ganze Reihe von Schauergeschichten über Lachgasnarkosen erzählt: von Alpträumen, schreckhaftem Erwachen, hilfloser Übelkeit und so weiter. Nach den brutalen, aber erfolglosen Versuchen meines früheren Zahnarztes, einen meiner Backenzähne trotz krumm gewachsener Wurzel in einem Stück zu ziehen, hatte ich zu einem Zahnarzt gewechselt, der seinen Patienten auf Wunsch eine Lachgasnarkose verabreichte, damit sie während des Ziehens der Zähne bewusstlos waren. Meine damalige Abneigung gegen zahnärztliche Eingriffe konnte man durchaus als Angst bezeichnen, deswegen konnten mich die zahlreichen Schauergeschichten über Lachgasnarkosen nicht abschrecken. Ich war in nervöser Weise neugierig aber auf eine reserviert besorgte Art offen für das Erlebnis, das jetzt auf mich zukam. In tiefen Atemzügen inhalierte ich das Gas. Es roch weder schlecht noch gut. Es war durchaus zu ertragen. Zumindest nahm ich den Geruch kritiklos hin.

„Was ist denn los? Funktioniert die Narkose vielleicht nicht?" dachte ich mir nach einiger Zeit: immerhin hatte ich schon mindestens zehn tiefe Atemzüge genommen und spürte immer noch nicht viel vom Eintreten einer Wirkung. Ja, doch, stellte ich fest, es wurde mir ein bisschen warm außen am Rist beider Füße. Und, als mir die blondgelockte Assistentin des Zahnarztes teilnahmsvoll ins Gesicht schaute, wurde es mir auch ein bisschen warm ums Herz. Danach breitete sich das wohlig warme Gefühl immer weiter aus. Allerdings nicht so, dass ich eine betäubende Wirkung festgestellt hätte.

„Spüren Sie, wie es langsam die Füße heraufsteigt?" fragte der Zahnarzt.

Ich wollte ihm fester, selbstbewusster Stimme antworten. Und so gut ich es konnte, tat ich es auch. Ich hatte mir vorgenommen, mit einem strammen „Ja" deutlich zu machen, dass die Narkose noch nicht wirkte und der Zahnarzt auf keinen Fall schon mit der Extraktion des Zahnes beginnen solle. Was allerdings statt des strammen „Ja" aus meinem Mund kam, klang eher wie ein betrunken gelalltes „Jaooa".

Mein innerlicher seelischer Ordnungshüter hielt mir in vorwurfsvollem Ton vor: „Deine Stimme klingt besoffen!" Tatsächlich empfand ich ähnliche Symptome, die ich bei anderer Gelegenheit schon an mir bemerkt hatte, wenn ich etwas zu viel Alkohol zu mir genommen hatte. Meine momentanen Gefühle stimmten wirklich mit dem Anfangsstadium einer leichten Beschwipsung überein. Einzelne Eindrücke aus der Umgebung bewirkten verstärkte Gefühle.

147

Stimmen und Geräusche hallten lange nach, während ich andere Eindrücke nur am Rande wahrnahm und sofort wieder vergaß. Die Menschen, also den Zahnarzt und seine zwei Assistenten hörte ich zwar sprechen, ihre Stimmen klangen jedoch wie aus einer anderen Welt.

Eine große Ruhe breitete sich in meinem Körper aus. Plötzlich jedoch empfand ich Panik: „Moment bitte, noch nicht mit der Operation anfangen", wollte ich protestierend rufen, "ich will die Schmerzen bei der Zahnoperation nicht spüren!" Ich brachte jedoch keinen Ton mehr heraus, klarerweise war ich noch weniger in der Lage, irgendetwas zu rufen. Allerdings konnte ich noch den linken Daumen bewegen. Schnell schlenkerte ich ihn hin und her, um bemerkbar zu machen, dass ich meine Gefühle noch bewusst wahrnahm. Ich schlenkerte den Daumen immer schneller hin und her. Aus der Ferne hörte ich wieder die Stimmen des Zahnarztes und seiner Assistentinnen. Ich spürte förmlich die Schallwellen, wie sie in meinem Ohr pochten und rauschten. Ganz plötzlich fing alles an, sich rasend schnell zu drehen.

Ich hatte das Gefühl, wieder bei Besinnung zu sein, allerdings fehlte mir ein Stück meiner Erinnerung, denn ich wusste nicht, wie lange ich mich schon spazierenderweise auf einer mir unbekannten Straße befand. Nach einiger Zeit kamen mir die Straße und die angrenzenden Gärten mit den Einfamilienhäusern dann doch irgendwie bekannt vor. Und dann auch wieder nicht. Ich fühlte mich einigermaßen konfus, es war so, als ob ich auf der Straße ging und sie gleichzeitig aus einiger Entfernung beobachtete, weil ich ein Stück über ihr schwebte. Alles kam mir höchstgradig unwirklich vor. Unter anderem empfand ich es als besonders bemerkenswert, dass die Oberfläche der asphaltierten Straße so abnormal glatt war. Kein Stäubchen verschmutzte die Straße. Es fiel mir auch auf, dass sich auf dieser Straße abnormal viele Kanalschächte befanden. Als geradezu absurd empfand ich es auch, dass fast jeder zweite dieser Kanalschächte ohne irgendeine Absicherung offen stand und der gusseiserne Deckel einfach daneben lag. Dass mich aus dem einen oder anderen dieser offenen Kanalschächte ein Hund anbellte, setzte der Absurdität noch die Krone auf. Um die Kanalschächte mit den Hunden machte ich auf meinem Weg immer einen großen Bogen. Wenn mir der jeweilige Hund besonders gefährlich vorkam, rannte ich dann auch ein Stück. Ich gebe es zu, vor Hunden hatte ich seit einigen traumatischen Erlebnissen in meiner Kindheit einen höchst ausgeprägten Respekt.

Während ich ohne besonderes Ziel dahinschlenderte und versuchte, die gefährlichen Hunde möglichst rechtzeitig zu entdecken, fing ich an, die Kanaldeckel zu zählen. Beim hundertsechsundsiebzigsten kam mir das Haus bekannt vor, das auf der rechten Seite der Straße hinter einem zierlichen Gartentor am Ende eines gepflasterten Gehweges stand: Es war das Haus meines Zahnarztes. „Oh je", fiel mir ein, „Schluss mit dem Spaziergang. Hier ordiniert ja der Zahnarzt, bei dem ich meinen Zahn ziehen lassen muss." Als ob sie auf dieses Signal gewartet hätte, fing meine Backe urplötzlich an zu schmerzen. Ich zog meinen Kopf gegen den Schmerz nach unten, und genauso plötzlich, wie der Schmerz in der Backe begonnen hatte, war er wieder weg. Ich befühlte mit meiner Zunge den schmerzenden Zahn und bemerkte, dass er nicht mehr da war.

„Geht es Ihnen besser?" hörte ich eine teilnahmsvolle Mädchenstimme. Ich schlug meine Augen auf und sah ein Paar blaue Augen vor mir. Wem wird es da schon schlecht gehen?

Hornissen im Kopf

In meinem Kopf schwirrten die Gedanken in allen Richtungen durcheinander wie Hornissen, deren Nest gerade jemand aufgeschreckt hat. Unfähig mich zu konzentrieren, zerkaute ich ratlos das obere Ende meines Kugelschreibers. Vor einer Viertelstunde hatte der Deutschprofessor mit einem Stapel von Schularbeitenheften unter dem Arm die Klasse betreten. Das bedeutete, dass noch während dieser Stunde eine Deutschschularbeit zu schreiben war. Heute müssen den Schülern die Schularbeiten einige Tage vorher angekündigt werden, als ich noch zur Schule ging, wurden Schularbeiten niemals angekündigt. Der Schüler konnte zwar die Wahrscheinlichkeit schätzen, wann wieder eine fällig war, aber genau wusste er das nie. An diesem Tag war eine Charakteristik verlangt mit dem Titel „Ein Mensch, dem man nicht böse sein kann". Ein sehr positiv stimmendes Thema, aber warum nur fiel mir dazu nichts ein? Schon eine Viertelstunde war verstrichen, und ich hatte noch nicht einen einzigen sinnvollen Satz zu Papier gebracht.

Der Grund, weshalb ich mich nicht konzentrieren konnte, war Jeremies Hund, mit dem ich heute auf dem Schulweg begeistert Stöckchenwerfen gespielt hatte. Er war einer der wenigen Hunde, vor denen, ich keine Angst zu haben brauchte. Bis zum Schultor hatte er mich begleitet, wo ich ihn zu unser beider Bedauern zurücklassen musste. Am wenigsten könnte ich heute diesem Hund böse sein, dachte ich mir. Ein Mensch, den ich beschreiben wollte, kam mir an diesem Tag einfach keiner in den Sinn. Dem Druck, eine gute Schularbeitennote erzielen zu müssen, konnte ich mich jedoch nicht entziehen, deshalb beschloss ich, einen Menschen zu beschreiben, den es nicht gab. So kam es, dass der große gutmütige Boxerhund mit seinem tieftraurigen Blick für folgenden Text Modell stand:

„Dem Menschen, den ich hier beschreibe, dem kann wirklich niemand böse sein: Dabei könnte er bei einem Schönheitswettbewerb kaum punkten, es sei denn, auch innere Schönheit würde bewertet. Das wird schon beim ersten Blick offensichtlich. In seinem Gesicht befindet sich eindeutig mehr Haut als bei anderen Leuten. Seine Muskulatur ist dauernd damit beschäftigt, die Haut dorthin zu schieben, wo sie dem Gemütszustand am deutlichsten Nachdruck verleiht. So etwa sieht es manchmal zum Beispiel so aus, als blicke er teilnahmslos in die Welt. Wie ich mich jedoch schon öfter überzeugen konnte, ist er auch mit diesem Gesichtsausdruck keineswegs teilnahmslos. Stattdessen beschäftigt er sich dann einfach nur mit sich selbst. Die Beschäftigung ausschließlich mit sich selbst zeigt sich sehr deutlich an seinem Gesicht: Das Denken, der Blick, die Füße, die Hände, der Kopf scheinen seinem Innersten zuzusinken. Dem entsprechend auch die Haut auf seinem Kopf. Sie sammelt sich unter dem Kinn zu einer faltigen Masse, die den übrig gelassenen Hautresten einer Blutwurst gleicht.

Wenn dieser Mensch jedoch aufmerksam auf etwas hört, oder wenn ihn etwas interessiert - und sein Interesse ist sehr leicht zu wecken - so prüft er das Objekt seines Interesses zunächst mit einem etwas schläfrig wirkenden Blick aus halb geöffneten Augen. Hält das Objekt seines Interesses dem prüfenden Blick stand, hebt er seinen Kopf und öffnet die Augen nun zur Gänze. Einem geheimnisvollen Gesetz zufolge, das zu klären ich bis jetzt noch nie imstande war, wandert nun in Sekundenschnelle die gesamte verfügbare Gesichtshaut zur Stirne hinauf. Das Hautpaket unter dem Kinn ist verschwunden und die Hängebacken sind keine Hängebacken mehr. Stattdessen bildet diese Unmenge von Haut auf der Stirne ein Labyrinth von Falten und Fältchen. Dadurch erhält sein Blick einen höchst bekümmerten und sorgenvollen Ausdruck. Das wird noch durch die Tatsache verstärkt, dass so viel Haut natürlich auch ihr Gewicht hat und nur durch Einsatz großer Muskelkraft in der Höhe der Stirne zu halten ist. Diese große Anstrengung zieht natürlich die Augen in Mitleidenschaft: Sie sind blutunterlaufen, wenigstens wirken sie so. Und über den Augen hängt ein großer, faltiger Hautwulst. Sogar in Situationen, in denen er seinem Gegenüber geradewegs ins Gesicht blickt, hat dieser den Eindruck, als würde von unten herauf misstrauisch fixiert.

Die blutunterlaufenen Augen und der stets angestrengt wirkende Blick geben seiner äußeren Erscheinung etwas von einem brutalen Schläger, der häufig betrunken ist und bei jeder sich bietenden Gelegenheit Streit sucht. Aber der Schein trügt. Der Mensch, um den es hier geht, ist alles andere als ein Schläger. Ich muss allerdings einräumen, dass er hin und wieder oder auch öfter ein oder zwei Gläser über den Durst trinkt. Ich gebe zu, dass er häufig betrunken ist – und das schon seit Jahren. Also zumindest in dieser Hinsicht stimmen die Vermutungen, die dem Betrachter beim Anblick seines Gesichts durch den Kopf gehen. Aber lassen wir hier diese Äußerlichkeiten beiseite, denn bei diesem Menschen muss an sich nur näher mit dem charakterlichen Wesen befassen. Ich hatte schon mehrmals die Gelegenheit, diesem Menschen beim Sprechen zuzuhören. Als ich ihm zum ersten Mal zuhörte, konnte ich ihn schon nach kurzer Zeit nicht mehr für brutal halten. Je mehr ich in den Wochen danach mit ihm zu tun hatte, desto stärker hatte ich den Eindruck, dass dieser Mensch könne keiner Maus etwas zuleide tun. – Heute weiß ich, dass sich in seiner Brust ein überaus gutmütiges Exemplar von Seele aufhält. Sentimentalere Leute würden so eine Person als die Seele schlechthin bezeichnen."

Aus .Schluss! Eine ganze Stunde umsonst geschrieben. „Thema verfehlt!" wird der Deutschprofessor unter diesen Aufsatz schreiben, dachte ich mir. Ein Paar Minuten blieben mir noch. Irgendwie musste ich versuchen, diese negative Beurteilung und damit eine schlechte Note zu verhindern. Also schrieb ich weiter:

„Wer diese Charakteristik liest, wird vielleicht nicht viel davon halten, weil doch der innere Charakter der gesamten Persönlichkeit zu kurz gekommen sei. Einen Leser, der zu diesem Schluss kommt, möchte ich bitten, den Text doch noch einmal durchzulesen. Ich bitte ihn, sich das Beschriebene richtig zu Gemüte zu führen. Der aufmerksame Leser wird dann bemerken, dass, wollte man diesen Menschen anders zu charakterisieren, als es hier geschehen ist, die Feder total versagen würde, und der wirkliche Charakter dieses Menschen wahrscheinlich eher verfälscht als klarer dargestellt würde.

Vielleicht muss der Vollständigkeit halber noch festgehalten werden, dass dieser Mensch, dem man nicht böse sein kann, eine Personifizierung von Bescheidenheit und tiefgründigem Humor ist. So etwa reagierte er mit einem freundlichen Schmunzeln, als ich ihm das Versprechen in Aussicht stellte, demnächst am höchsten Punkt seines Scheitels eine Schraube zu installieren, mit welcher er den überschüssigen Teil seiner Kopfhaut nach oben ziehen könne, wo sie dann unter der Pracht seiner Haare verschwinde."

Ich habe diesen Schulaufsatz vor mehreren Jahrzehnten geschrieben. Den Leser, den ich bis hierher mit meinem Text fesseln konnte, wird es vielleicht auch noch interessieren, wie der Deutschprofessor diese verunglückte Charakteristik beurteilte. In einer der nächsten Unterrichtsstunden betrat er, anscheinend gut gelaunt die Klasse und ließ den Stapel der Schularbeitenhefte betont schwungvoll auf das Lehrerpult fallen. Mein Heft lag zuoberst auf dem Stoß. Ich erwartete ein Donnerwetter. Nichts dergleichen geschah. Die Benotung war sogar positiv, aber kein „Sehr gut". Und noch während er die anderen Schularbeitshefte austeilte, bekam ich den Befehl, in der Pause im Lehrerzimmer zu erscheinen. Dort erhielt ich eine höchst ausdrucksstarke, fast eine Viertelstunde dauernde Standpauke, dass es eine Frechheit sei, in einem Schulaufsatz die Urteilsfähigkeit einer Lehrperson in Zweifel zu ziehen. Dieses Mal sei er noch gnädig, aber sollte ich so etwas wieder tun, würde er mich in eine Disziplinarkonferenz der Schule zitieren lassen.

Die Asche der zu vergessenden Frau

Unberührt von den Unbilden des stürmischen Wetters fegte der Eisenbahnzug durch die verregnete Landschaft, zerstäubte Regenschauer und verwirbelte sie mit Nebelfetzen. Der Fahrtwind trieb Regentropfen an meinem Abteilfenster in schrägen Rinnsalen zu den Gummidichtungen am den Rändern. Da und dort wurden die Tropfen von Windstößen weggerissen, andere flossen zusammen und strebten als breitere Rinnsale zielstrebig weiter bis sie schließlich vom Fensterrahmen gestoppt wurden. Ihr weiterer Weg entzog sich meinen Blicken, aber es kamen ja unaufhörlich neue Regentropfen und bildeten wieder neue kleine Flüsse. Die sonst in dieser Jahreszeit so satten Farben von Wiesen, Wäldern und Häusern verschwammen hinter grauen Nebelfetzen. Eine Kaltfront hatte dem landschaftlich romantischen Bild jäh einen sehr ungemütlichen Anstrich versetzt. Nur selten kamen Ortschaften oder größere Ansammlungen von Gebäuden ins Blickfeld; genauso schnell wie sie erschienen, verloren sie sich wieder in der verregneten Weite. Am Fenster rutschten immer häufiger nasse Schneekristalle zwischen den Regentropfen schräg nach unten. Anscheinend war es draußen noch kälter geworden. Eine dünne, noch fast durchsichtige Schneedecke begann die Wiesenlandschaft anzuzuckern.

Irgendwo, weit abseits von Dörfern, Weilern und Häusern, tauchte zwischen sanften Hügeln ein einsamer Friedhof auf. Was hatte es mit diesem so weit abseits gelegenen Friedhof für eine Bewandtnis? Warum, fragte ich mich, wurden diese Verstorbenen nicht in der Nähe einer Ortschaft, einer Kirche oder eines Klosters bestattet? Mich fröstelte bei diesem Anblick, und mir schien, die Toten auf diesem Friedhof müssten besonders einsam sein und besonders frieren. In dem grauen Gedankengewirr, in das ich plötzlich versunken war, erinnerte ich mich an eine Frau, von deren tragischem Schicksal ich vor einigen Monaten erfahren hatte. So wie mir ihr Unglück beschrieben wurde, hätte es sein können, dass sie auf einem so unwirtlichen Friedhof wie diesem liegt, dachte ich mir. Einem Friedhof, über dessen Gräber der Wind außergewöhnlich kalt pfeift und hinter den Grabsteinen höchst unbehagliche, abweisende Schneewehen anhäuft. Das ist doch Unsinn, widersetzte ich meinen eigenen Gedanken, Tote frieren nicht, und obendrein ist es für den Verstorbenen selbst überhaupt nicht mehr wichtig, wo sein lebloser Körper zu Grabe gelegt wird. Der Ort wo man begraben wird und die optische Wirkung der Grabstätte sind lediglich für die Hinterbliebenen wichtig und für die mit Pietät verbundenen Gefühle.

Solche Gedanken gingen mir durch den Kopf, während die Landschaft außen am Abteilfenster im immer dichteren Schneegestöber unbeeindruckt von meiner Stimmung vorbeihuschte. Der Friedhof war längst nicht mehr zu sehen, aber ich erinnerte mich, dass mir ein frisch ausgehobenes Grab aufgefallen war. In der Nähe des Friedhofs waren mir auch Gleisarbeiter aufgefallen, die trotz des nasskalten Wetters, das jedem mit eisigen Schauern durch die Knochen fuhr, Wartungsarbeiten am Bahndamm durchführten. Für den vorbeifahrenden Zug waren sie zur Seite getreten. Einer der Arbeiter hatte sein Gesicht dem Zug zugewandt und den Reisenden trotz des unfreundlichen Wetters, dem er selbst ausgesetzt war, freundlich zu gewinkt, als ob er alle Insassen kennen würde.

Obwohl ich während meiner Reise immer wieder abgelenkt wurde, ließ der einsame Friedhof meine Gedanken nicht mehr los. Niemand wusste, so vermutete ich, wie alt die ältesten Gräber auf diesem Friedhof waren. Sicher war so manches Grab schon vor langer Zeit von verwaltungstechnischem Ordnungssinn eingeebnet worden, um jüngeren Gräbern Platz zu machen. Hatte man die Gebeine aus den aufgelassenen Gräbern geborgen und irgendwo in einem Beinhaus gesammelt? Vielleicht waren auf diesem Friedhof auch die jüngeren Gräber schon sehr alt. Wer mochte denn heute schon gerne auf einem so abgelegenen Friedhof begraben sein? Zumindest in meinen Gedanken lagen die Ursprünge des Friedhofs im Dunkel längst vergangener Zeiten, und ganz bestimmt woben sich um so manches Grab sagenhafte Überlieferungen. Manche sogar mit wahrem Ursprung. Etwa wie die tragische Geschichte jener Frau, die mir beim Anblick des Friedhofs in den Sinn gekommen war, und deren Schicksal mir auf der ganzen Reise immer wieder durch den Kopf ging. Meinem Empfinden nach könnte sie auf so einem einsa-

men, kalten und abweisend wirkenden Friedhof beigesetzt sein, wie ich ihn vorher kurz gesehen hatte.

Wo auch immer sie begraben wurde, Gebeine
wären keine zu finden. Ihre sterblichen Überreste
waren in einem Tonkrug beigesetzt worden, denn
die Obrigkeit hatte die Frau bei lebendigem Leib ver-
brennen lassen. Um ihr nach den damaligen Vorstellungen außerdem den Zutritt zur ewigen Seligkeit zu
verwehren, hätte die Asche gemäß dem Urteil der
damaligen Justiz nicht einmal beigesetzt, sondern in
alle Winde zerstreut werden sollen. Das Feuer des
Scheiterhaufens hatte bis zum Abend gebrannt und
die Henker hatten das Zerstreuen der Asche auf den
nächsten Morgen verschoben. Diese Pflichtverges-
senheit der Henker nutzte der Ehemann der Hingerichteten, um ihre Asche, oder was er im Dunkel der
Nacht in den schwarzen Überresten des abgebrann-
ten Scheiterhaufens für Ihre Asche hielt, einzusammeln und so würdig es im Verborgenen ging zu beerdigen. Für das Einsammeln der Asche stand ihm keine wohlgeformte Urne zur Verfügung, wie sie heute
bei Feuerbestattungen üblich sind. Urnen für würdi-
ge Feuerbestattungen gab es damals in Mitteleuropa
überhaupt nicht, denn wer verbrannt wurde, hatte
keinen Anspruch auf Würde, er stand außerhalb der
Gesellschaft und sollte gemäß Gerichtsurteil bis in
alle Ewigkeit zu den Verdammten gehören. Sie oder
er war Hexe oder Hexer, religiöser Ketzer oder sonst
ein fürchterlicher Verbrecher. Eine derartige endgül-
tige Verbannung wirkte selbst über die Hinrichtung
der oder des Verurteilten hinaus und galt folgerichtig

auch der Asche. Es sollte kein Grab mit Kreuz oder Inschrift geben, das an solcherart Hingerichtete erinnern konnte.

Der Mann muss wirklich sehr geliebt haben, dass er das Wagnis auf sich nahm, die Asche seiner hingerichteten Frau trotz der Gefahr strengster Strafen einzusammeln. Er besaß kein würdigeres Gefäß als den Mostkrug aus der Küche, aus dem sie so oft getrunken hatten. Die Asche der Frau wurde also in einem ganz gewöhnlichen Mostkrug aus gebranntem Ton beigesetzt. Einem Krug wie er bis auf den heutigen Tag in Bauernhäusern verwendet wird, um Most aus dem Keller zu holen. Oder Wasser vom Brunnen. Die Öffnung des Krugs verschloss er mit einem Holzdeckel. Der Krug hatte sonst wohl meist fröhlichere Gesichter gesehen, oder zumindest zufriedenere. Als langlebiges und für arme Bauern durchaus kostspieliges Haushaltsgerät hatte er vorher vielleicht schon mehrere Jahrzehnte lang seinen Dienst getan. Dass er von nun an im Haushalt fehlte, erinnerte den Bauern sicher immer wieder an seinen jetzigen Inhalt. Mit einiger Genugtuung gegenüber der Obrigkeit mag er sich bei dieser Gelegenheit auch daran erinnert haben, dass er den Krug verbotenerweise sogar in der geweihten Erde des Friedhofs begraben hatte. Dies hatte er in seinem Trotz gegenüber der kirchlichen Obrigkeit noch in derselben Nacht heimlich getan. Die Asche der Frau wurde also nicht, wie von der Justiz angeordnet, vom Wind des Vergessens in alle Winde verweht sondern ruhte von nun an inmitten

161

all der Gerechten, die sonst auf dem Friedhof begraben lagen.

Es soll einen in dürrer Juristensprache abgefassten Bericht über den Gerichtsfall geben. Manches, was ich hier darüber geschrieben habe, ist Fiktion, denn der offizielle Bericht gibt anscheinend nicht viele Informationen preis. Was für die Zeit, in der das passiert ist, durchaus zum Normalen gehört, denn die Befindlichkeiten kleiner Leute interessierten damals nur Wenige. Immerhin ist aber bestätigt, dass zumindest der Kern der Geschichte wahr ist. Die Frau lebte ihr Schicksal im Mittelalter zu der Zeit als Minnesänger wie Oswald von Wolkenstein oder Walter von der Vogelweide in ganz Europa damit wetteiferten, rührende Gesänge über und für schöne adelige Frauen zu dichten und in höfischer Manier auf vornehmen Ritterburgen vorzutragen. Schön durften Frauen auch damals sein, auch wenn das Schönheitsideal je nach Stand in der Gesellschaft sehr unterschiedlich sein konnte. Gehörten Frauen einem adeligen Haus an oder einem wohlhabenden städtischen Bürgerhaus, durften sie außer ihrer Schönheit auch ihre Intelligenz und ihre Bildung sogar in der Öffentlichkeit zeigen. Im gewöhnlichen Volk jedoch war Bildung nicht besonders verbreitet, und für eine Bäuerin galt es oft sogar als verpönt, wenn sie sich um mehr kümmerte als um Haus, Kinder und Kirchenbesuch. Wie aus den Protokollen so mancher Hexenprozesse hervorgeht, konnte außergewöhnliches Wissen für einfache Leute geradezu lebensgefährlich sein. So war es auch bei der unglücklichen, im Tonkrug beigesetzten Frau. Wenn sie nicht das Bedürfnis gehabt hätte, etwas zu lernen, hätte sie vielleicht weder Folterknechte noch Feuertod erleiden müssen.

Begonnen hatte ihr Unglück bei der Beerdigung einer Verwandten. Während der geistlichen Begräbniszeremonie versuchte sie zum ersten Mal, anhand bekannter Namen Inschriften auf benachbarten Grabkreuzen und Grabsteinen zu entziffern. Ihr Interesse was damit geweckt. In den darauf folgenden Wochen besuchte sie sehr oft den Friedhof. Von vielen Verstorbenen, die hier begraben lagen, wusste sie die Namen. Mit der ihr eigenen Kombinationsgabe und Beharrlichkeit begriff sie schließlich das Wesen der Buchstaben, konnte nach einiger Zeit lesen und lehrte sich selbst auf diesem Weg auch das Schreiben.

Der Buchdruck war damals noch nicht erfunden, und da damals außerhalb gelehrter Kreise kaum jemand lesen oder schreiben konnte, waren Bücher nicht sehr weit verbreitet. Die Leselust der autodidaktischen Frau stieß also an ihre Grenzen, als der Lesestoff auf dem Friedhof und den Grabplatten innerhalb der Kirche fertig entziffert war. Besonders lustig war dieser Lesestoff ja auch nicht; selbst die etwas ausführlicheren Inschriften auf den Grabplatten entlang des Kirchenschiffs enthielten nur knapp gehaltene Informationen. Launige Sinnsprüche, wie man sie heute mitunter auf Grabkreuzen in ländlichen Gegenden liest, gab es damals nicht, denn es konnte sie ja niemand lesen. Um ihren Wissensdurst zu stillen, beging die Frau schließlich eine damals für eine einfache Frau unerhörte Vorwitzigkeit, als sie in der Stube des Bauernhofs während der Abfassung eines Pachtvertrages neben Ihrem Ehemann auch dem Bürgermeister, dem Schreiber und einem Advokaten Wein vorsetzen sollte. In ihrer Neugierde blieb sie am Tisch stehen und begann, holperig einen Satz aus dem Pachtvertrag vorzulesen. Das eifrige Gespräch der Männer am Tisch wich schlagartig einem verblüfften Schweigen, das schließlich Neugier und der eindringlichen Frage Platz machte, wer ihr das Lesen beigebracht habe.

Ihre Schilderung, auf welche Weise sie sich ihre Fähigkeit selbst beigebracht habe, wurde mit ungläubigem Kopfschütteln quittiert. Misstrauen griff um sich. Mit eisigem Schweigen verließen die gebildeten Herren die Stube und ließen einen ratlosen Bauern und seine noch ratlosere Frau zurück. Für die Frau war die Geschichte mit dem unfreundlichen Abgang der Gäste keinesfalls ausgestanden. Das Vorkommnis wurde an die Obrigkeit weitergemeldet und von beamteten Schreibern protokolliert. Neben misstrauischen und missgünstigen Geistern kamen diese Informationen schließlich auch Mitmenschen zu Ohren, die es sich zur Aufgabe gesetzt hatten, die Welt von Hexen und anderem ungläubigem Gelichter zu befreien. Und so kam es, dass die Frau schon nach wenigen Tagen von Häschern abgeholt und im Keller des Rathauses mit zunehmend unfreundlicheren Methoden verhört wurde. Wieder und wieder musste sie erzählen, auf welche Weise sie sich selbst das Lesen und Schreiben beigebracht habe. Niemand glaubte der einfachen Bauersfrau. Vielmehr vermutete man, etwas Überirdisches oder noch besser Unterirdisches müsse mit im Spiel sein. Eine derartige Wahrheit erschien den verhörenden Juristen wesentlich glaubhafter. Aber korrekterweise gebe es ohne Geständnis kein Urteil, fanden die für diesen Justizfall Verantwortlichen. Also wurde das Verhör unter Anwendung der Folter fortgesetzt, was uns heute widersinnig und höchst grausem erscheint, damals aber völlig den gültigen Gesetzen entsprach. Ob die Frau unter der Folter schlussendlich das zugegeben hat, was die damaligen Justizbeamten von ihr hören wollten, ist nicht überliefert. Jedenfalls wurde sie am Ende des Prozesses zum Tod durch den Scheiterhaufen verurteilt. Ein Gnadengesuch an die übergeordnete Obrigkeit wurde ohne weiteres Federlesen abgelehnt. Die Frau galt als der Hexerei überführt und wurde öffentlich auf dem Scheiterhaufen verbrannt. Damals war es außerdem üblich, dass die Bevölkerung dazu aufgefordert wurde, der Hinrichtung möglichst vollständig beizuwohnen, zur Abschreckung und Ermahnung.

S

Das goldene Kegelspiel

Der geneigte Leser versetze sich mit seinen Gedanken an das deutsche Bodenseeufer östlich der Insel Lindau. Von hier aus bietet sich ein prachtvoller Blick in Richtung Süden. Die Schweizer Berge westlich des Rheintals beginnen zunächst mit sanften runden Kuppen, weiter in Richtung Süden werden die Berge immer höher bis sie schließlich als felsige Zacken in die Höhe ragen. Östlich des Rheintals liegt die österreichische Seite; hier rücken höhere Berge bis an das Ostufer des Bodensees heran. Zwischen der deutschen Grenze und Bregenz bildet die schroff zum Seeufer herabfallende Westseite des Pfänderstocks eine Engstelle: die Klause. Oberhalb der Klause zieht sich von Lochau aus ein mäßig steiler, langgestreckter Hang zum Pfänder hinauf. Der Pfänder ist von Bregenz aus durch eine Seilbahn erreichbar, denn diese Seite des Berges ist steil und Nagelfluhfelsen bilden gefährliche Abgründe für nicht ortskundige Wanderer. Ganz in der Nähe des Gipfels ragt ein auffällig rot-weiß gefärbter Rundfunk- und Fernsehmast fast hundert Meter in die Höhe.

In den ersten Jännertagen 1647, im vorletzten Jahr des Dreißigjährigen Krieges, hatte der schwedische Reichsfeldmarschall Carl Gustav Wrangel, ein erfahrener Stratege, bei seinen Plänen, die Stadt Bregenz zu erobern, diesen Bergrücken ins Auge gefasst. Wrangel war nicht nur Reichsfeldmarschall sondern hatte noch eine ganze Reihe von Titeln, die nicht nur seine Herkunft aus einer angesehenen schwedischen Familie sondern auch seine herausragenden Erfolge in der Kriegsführung auswiesen. In diesen Tagen residierte er im Schloss Hofen in Lochau und hatte Bregenz im Visier. Als Gründe für die Eroberung dieser Stadt erwähnte er gegenüber seinen Vorgesetzten strategische Ziele wie etwa die Öffnung der Alpenpässe nach Italien. In Wirklichkeit aber könnte ihn auch seine überall gefürchtete Beutegier dazu bewogen haben, Bregenz anzugreifen, denn er war darüber informiert, dass er in dieser Stadt reiche Kriegsbeute erwarten konnte. In der Tat glaubten eine Reihe von überaus wohlhabenden Leuten, sowie reiche Klöster und Adelshäuser aus der näheren und weiteren Umgebung bis nach Oberschwaben hinaus, einen erheblichen Teil ihrer Prunk- und Wertgegenstände in der als wohlbefestigt geltenden Stadt in Sicherheit gebracht zu haben.

Bregenz galt als stark befestigt, von der Klause, über den Pfänderrücken bis nach Kennelbach zogen sich Palisaden und eine ganze Anzahl sogenannter Blockhäuser, die von Bewaffneten verteidigt wurden. Wie sich dann jedoch während des schwedischen Angriffs zeigen sollte, waren die Befestigungen in einigen Bereichen leider lückenhaft. Außerdem waren sie teilweise strategisch ungeschickt und wenig vorausschauend angelegt. Eine besonders verhängnisvolle Lücke befand sich in jenem Bereich, wo der Pfänderhang zwischen die Felsen hineinreicht und einen fast gefahrlosen Abstieg ermöglicht. Diese Stelle ist etwa auf halber Strecke zwischen Lochau und

167

Pfänder vom schräg ansteigenden Hang erreichbar. Und genau von hier aus gelang es den Schweden schon nach dem Niederringen der ersten Blockhäuser mit verhältnismäßig geringen Verlusten von oben her in die Stadt einzudringen.

Aber kehren wir nochmals zurück zu unserem Aussichtspunkt am Bodenseeufer östlich der Insel Lindau. Zunächst fällt auf, dass es außer der direkt am Seeufer liegenden Klause und dem vorher erwähnten, zwischen die Felsen hineinreichenden Hang kaum einen Weg gibt, über den eine größere Anzahl von Menschen in kurzer Zeit von diesem Bergrücken aus nach Bregenz gelangen kann. Mit „Menschen" meine ich in dieser Situation natürlich die schwedischen Soldaten und Söldner. Heute ist die Klause an Seeufer verbreitert und bietet neben einer Bundesstraße und einer Bahnlinie sowie einem großzügig angelegten Promenaden- und Fahrradweg sogar noch Platz für Liegewiesen. Damals war die Klause also erheblich enger als heute und hätte durchaus die Chance für eine erfolgreiche Verteidigung geboten.

So sah es möglicherweise auch der strategisch denkende General Wrangel. Ihm war klar, dass der Weg durch die enge Klause seine Truppen hohe Verluste kosten konnte. Die Aussicht vom Lindauer Seeufer aus zeigte ihm aber auch wie auf dem Präsentierteller eine Möglichkeit, wie er seine Truppen viel leichter zum Erfolg führen konnte: Nämlich über den langgestreckten Hang von Lochau auf den Pfänderrücken. Einen derartigen Hang kämpfend zu überwin-

168

den war für seine kriegserprobten und gut ausgerüsteten Söldner kein großes Problem. Natürlich wusste der erfahrene Offizier, dass die Verteidiger von Bregenz nicht nur die Klause sondern auch diesen Hang besetzt hielten, aber hier konnte er die Wirkung seiner Truppen und schweren Waffen wesentlich breiter und effektiver zur Entfaltung bringen. Außerdem mussten seine Truppen nur die unteren zwei Drittel des Hanges unter ihre Kontrolle bringen, dann würde Bregenz gleich rechts unter ihnen liegen. Und dort befand sich der Einschnitt zwischen den Felsen, von dem aus seine Soldaten auf den schwach besetzten Hang vordringen und der Besatzung der Klausenbefestigung in den Rücken fallen konnten. Übrigens wird dieser Hang heute noch von manchen Einheimischen als Schwedenhang bezeichnet.

Wrangel konnte davon ausgehen, dass seine Truppen nach dem Niederringen der Klausenbefestigung mit dem Rest der Bregenzer Verteidiger schnell fertig werden konnten. Danach konnte das Plündern dieser reichen Stadt beginnen. Auch das bisher vom Dreißigjährigen Krieg weitgehend verschonte Hinterland versprach reiche Beute. Bei seinem Angriff musste er allerdings zweierlei verhindern: Erstens, dass den Verteidigern des Pfänderhanges Verstärkung aus dem Tal zu Hilfe kam. Aus diesem Grund musste der Scheinangriff an der Klause so massiv sein, dass die Verteidiger hier den Hauptangriff vermuten mussten. Auf diese Weise abgelenkt, würden die Verteidiger viel zu spät bemerken, dass seine Hauptmacht zwischen den Felsen herabstürmte und sie nun nicht nur von vorne, sondern auch von hinten her angegriffen wurden. Zweitens gab es ganz oben auf dem Pfänder eine stark befestigte Festung. Deren Besatzung konnte seinem Vorhaben noch gefährlich werden, wenn sie die Schweden am Beginn ihres Abstiegs von der Flanke er angriffen. Er musste also Vorkehrungen treffen, dass seine Truppen ihre linke Flanke mit einem Scheinangriff auf diese Befestigungen deckten.

Schwer wiegende Belohnung für den Verräter

In der Umgebung von Bregenz hörten Generationen von Heranwachsenden in der Schule die Sage vom goldenen Kegelspiel. Diese Sage erzählt von einem Verräter, der den Schweden einen geheimen Weg nach Bregenz gezeigt habe, damit sie dort den Verteidigern in den Rücken fallen und die Stadt erobern konnten. Wie es in der Sage heißt, habe der Verräter als Lohn für seine ruchlose Tat vom schwedischen General ein goldenes Kegelspiel bekommen. Mit diesem Lohn sei er aber nicht glücklich geworden, denn gleichzeitig sei er sehr nachhaltig verflucht worden. Diesem Fluch zufolge konnte er sein goldenes Kegelspiel nicht verwerten, sondern musste es irgendwo im Ried vergraben. Manche Lehrer erzählten, er sei vom schwedischen General höchstpersönlich verflucht worden, andere vermuteten irgendeinen Magier oder eine Hexe aus Bregenz. Damals glaubten ja viele Leute noch an Menschen mit magischen Kräften. Es war ja nicht nur Kriegszeit sondern auch die Zeit der Hexenverfolgungen, bei denen sogenannte Hexen beiderlei Geschlechts lebendig auf Scheiterhaufen verbrannt wurden.

Aber mit dem Vergraben dieses Schatzes waren die Anordnungen des Fluches noch lange nicht erfüllt, denn von nun an gehörte der Verräter zu den Untoten, vor deren Erscheinung sich die Lebenden grässlich fürchteten. In schaurigen, besonders dunklen Neumondnächten hatte er in Erscheinung zu treten. Dann musste er das goldene Kegelspiel ausgraben, auf den Gebhardsberg schleppen und dort mit Kegeln und Kugeln gegen den Teufel oder andere unheimliche Geisterwesen spielen. Das musste er immer und immer wieder tun, bis er eines Sanktnimmerleinstages endlich einmal dieses Kegelmatch gewinne. Zu seinem Unglück verlor er dieses Spiel jahrhundertelang jedes Jahr immer wieder. Der Fluch hatte zumindest bis in meine Schulzeit in den fünfziger Jahren des zwanzigsten Jahrhunderts seine Wirkung immer noch nicht verloren.

Mir tat der arme Mann immer ein bisschen leid, denn ich hatte einmal die Gelegenheit gehabt, einen Goldbarren in die Hand zu nehmen und sein enormes Gewicht zu fühlen. Wie schwer musste dann erst ein ganzes Kegelspiel sein. Ich stellte mir vor, dass sowohl das Transportieren als auch das Spiel mit den goldenen Kugeln und Kegeln reinste Schwerarbeit sein musste. Nachdem der verfluchte Verräter das Spiel verloren hatte, musste er jedes Mal alle neun goldenen Kegel und auch die Kugel wieder vom Berg herunter tragen und irgendwo im irrlichternd moorigen Ried so tief vergraben, dass es auch ein tief grabender Schollenstecher nicht zufällig finden konnte. Klarerweise konnte niemand in Erfahrung bringen, in welcher Nacht das goldene Kegelspiel vom Ried auf den Gebhardsberg und zurück transportiert wurde, sonst hätte ihm sicher schon lange ein gieriger Räuber aufgelauert.

Wie es bei Sagen so ist, kursierten im Laufe der Zeit eine ganze Reihe von Varianten dieses verfluchten nächtlichen Treibens. Jede neue Version war schrecklicher als die vorhergehende. Natürlich behaupteten einige Erzähler ihre Version sei die einzig wahre, aber wie das bei Sagen so ist: Es darf jede Variante angezweifelt werden. Hauptsache ist doch, sie ist spannend und den Zuhörern läuft es beim Zuhören kalt über den Rücken hinunter. Für Historiker jedoch ist höchstens das berühmte Körnchen Wahrheit interessant, auf welches angeblich jede Sage zurückzuführen ist. Für taktisch versierte Militärs hingegen war schon lange klar, dass ein erfolgreicher General wie Wrangel keinen Verräter brauchte, um die ziemlich ungeschickt organisierte Verteidigung von Bregenz auszutricksen.

Bauern und Bürger gegen professionelle Söldner

In Bregenz hatte man den Angriff der Schweden schon erwartet. Ins Allgäu ausgeschwärmten kaiserlichen Aufklärungstrupps waren die Vorbereitungen der Schweden nicht verborgen geblieben. General Wrangel hatte in den Wochen vor dem Angriff schon mehrmals erpresserisch hohe Forderungen nach Lebensmitteln an die Stadt gestellt. Und spätestens seit er sein Hauptquartier in Schloss Hofen bei Lochau aufgeschlagen hatte, musste allen Bregenzern klar gewesen sein, was sie erwartete. Die Befestigungen an der äußeren und inneren Schanze waren mit Bewaffneten besetzt; natürlich befanden sich auch auf dem Pfänderrücken Verteidigungsstellungen. Allerdings waren diese für eine erfolgreiche Abwehr der ausgezeichnet organisierten, breit und tief gestaffelt angreifenden schwedischen Truppen viel zu schwach besetzt. Außerdem handelte es sich bei den Verteidigern zu einem großen Teil um Bauern und Stadtbürger, die als eine Art Landsturm zu den Waffen gerufen worden waren. Die schwedischen Quellen bezeichnen die Bregenzer Verteidiger ziemlich herablassend als „Bauren".

Der kaiserliche Obrist Äscher, dem der Befehl über die Verteidigung von Bregenz anvertraut war, erwartete den Hauptangriff der Schweden offensichtlich an der Bregenzer Klause, also direkt am Seeufer. Ungeschickterweise lagen sowohl die innere als auch die äußere Klausenstellung so weit vorne, dass die Schweden nach der Eroberung des Pfänderrückens nahezu ungehindert den Hang herabstürmen und den Verteidigern in ihrem Rücken fallen konnten. Anscheinend war es ihnen durch den Scheinangriff auf die Klause auch gelungen, die Verteidiger von dieser Gefahr abzulenken. Die Verteidiger gerieten buchstäblich in die Zange, als sie auch von hinten her angegriffen wurden. Jeder konnte jetzt nur noch seine Haut so teuer verkaufen wie möglich, denn die angreifenden schwedischen Söldner gewährten keinen Pardon und machten fast keine Gefangenen.

Der Bregenzer Befehlshaber will fliehen

Rätselhaft bleibt für mich in diesem Zusammenhang, auf welche Weise der Bregenzer Befehlshaber Äscher die Besatzung der Festung auf dem Pfänder in die Verteidigungskämpfe eingreifen lassen wollte. In dieser Festung wartete nämlich eine starke Einheit unter Obristwachtmeister (Major) Alois Vögel auf die Befehle aus Bregenz. Vögel hätte mit seiner Einheit den Schweden an der Engstelle am Beginn ihres Abstiegs massiv in die Flanke fallen, ihnen empfindliche Verluste zufügen und ihren Vormarsch zumindest verzögern können. Obrist Äscher erteilte aber keine Befehle dieser Art. Stattdessen hatte er Vögel, der ihm unterstellt war, angeblich unter Androhung der Todesstrafe verboten, ohne seinen ausdrücklichen Befehl die Festung auf dem Pfänder zu verlassen. Und so kam es, dass die kampfbereite Besatzung der Pfänderfestung nur in kleinere Scheinangriffe der Schweden verwickelt wurde und zusehen musste, wie die Angreifer von oben her die nahezu ungeschützte Flanke der Bregenzer Verteidigung stürmten.

Obrist Äscher hatte schon vor Beginn der Kämpfe den Befehl gegeben, einen großen Teil, der in Bregenz lagernden Wertgegenstände auf die im Hafen liegende Schiffe zu laden. Glaubte er als Befehlshaber selbst nicht an eine erfolgreiche Verteidigung von Bregenz? Das können wir nicht beantworten. Si-

cher jedoch ist, dass er auf einem dieser Schiffe fliehen wollte. Sein Schiff sank aber und er geriet in die
Hände der Schweden. In diesem Fall gewährten die
Eroberer Pardon und töteten ihren Gefangenen nicht
Allerdings wurde Äscher auf Anordnung von General
Wrangel dazu gezwungen, die Übergabe der Festung
Hohenbregenz auf dem Gebhardsberg (damals Pfan-
nenberg) an die Schweden zu befehlen. Diese Festung wurde deshalb kampflos übergeben und später
beim Abzug der Schweden mit fünf Minen in die Luft
gesprengt.

Nach den mir vorliegenden Informationen wurde die Festung auf dem Pfänder von der Besatzung
verlassen, nachdem Obristwachtmeister Vögel festgestellt hatte, nichts mehr für Bregenz tun zu können. Bis zum Zeitpunkt, an dem ich diese Zeilen
schreibe, fand ich keinen Historiker, der mir den ge-
nauen Ablauf beschreiben konnte. Unter anderem
wurde die Vermutung geäußert, es habe damals ein
derartiges Durcheinander geherrscht, dass die größ-
tenteils aus der umliegenden Gegenden stammende
Besatzung einfach nach Hause entlassen worden sei.
Mir persönlich fällt es schwer, diese Version zu glau-
ben. Immerhin war die Pfänderfestung eine beachtliche militärische Anlage, die sich in der Nord-Süd-
Richtung Schätzungen zufolge über mehr als zweihundert Meter erstreckte. Von der Festung sind nur
noch wenige Mauerreste zu finden, historische Quellen berichten, dass in den Tagen nach der Sprengung
der Gehardsbergfestung sowohl die Sperren an der
Klause als auch jene auf dem Pfänder geschleift und

die Gräben zugeschüttet worden seien. Von Sprengungen wird nichts berichtet. Das würde heißen, dass die Wälle von Hand mit Brecheisen und Spitzhacke demoliert wurden. Möglicherweise wurden die übrig gebliebenen Mauerreste wie viele andere alte Gemäuer von der in der Nähe wohnenden Bevölkerung beim Wiederaufbau als Steinbruch benutzt.

Natürlich ist die Frage berechtigt, ob der schwedische General wusste, dass dem Kommandanten der Festung auf dem Pfänder, Obristwachtmeister Vögel, vom Bregenzer Oberkommandierenden, Obrist Äscher, bei Todesstrafe verboten worden war, die Festung zu verlassen. Bestand eventuell gerade in diesem Befehl, den Obrist Äscher zu verantworten hatte, der in der Sage weiterlebende Verrat?

Wie wir bereits erfahren haben, sollen auf Befehl von Obrist Äscher schon vor dem Beginn der Kampfhandlungen eine ganze Reihe von Bodenseeschiffen mit Wertgegenständen verschiedenster Art beladen und zur Flucht bereitgemacht worden sein. Augenzwinkernd nehme ich hier einmal an, dass sich bei diesen Wertgegenständen kein goldenes Kegelspiel befunden hat: Andererseits haben Wertgegenstände immer schon Gerüchte verursacht. Auf jeden Fall könnte man aus dem Umstand, dass die Schiffe schon vor Beginn der Kämpfe beladen wurden, darauf schließen, dass Obrist Äscher gar nicht damit rechnete, Bregenz erfolgreich zu verteidigen. Auch die Tatsache, dass er zu einem für einen verantwortlichen Offizier viel zu frühen Zeitpunkt die Verteidiger verließ und mit einem dieser Schiffe fliehen wollte, legt einen derartigen Schluss nahe. Obwohl sein Schiff sank, wurde Äscher gerettet und fiel den Schweden in die Hände.

Ich habe auch schon die Vermutung gehört, Äscher habe schon vor den Kämpfen geplant, mit diesem Schiff zu verschwinden. Mit der wertvollen Ladung des Schiffes hätte er dann seinen Reichtum vergrößert. Er wäre dann eigentlich nicht gerade als verantwortungsbewusster Offizier anzusehen gewesen. Aber solche Vermutungen äußern natürlich nur böse Zungen. Weiß nun jemand, wo dieses mit Schätzen beladene Schiff liegt? Wenn es wirklich dort gesunken ist, müsste es sich doch noch im Bereich der Bregenzer Bucht befinden. Besonders aufmerksame Bregenzer Beobachter vermuten, im Verlauf der letzten Jahrzehnte hätten sich schon mehrere Male Taucher und Klein-U-Boote auf der Suche nach dem versunkenen Schiff und seiner wertvollen Ladung gemacht. Von irgendwelchen Funden wurde nichts bekannt, nicht einmal in der Gerüchteküche. Verschwörungstheoretiker wandten ein, die Öffentlichkeit habe einfach nichts von den Funden erfahren. Damit rührten sie weiter kräftig in der Gerüchteküche. Einige Verschwörungstheoretiker schafften es sogar, einen Bezug zur Sage vom goldenen Kegelspiel herzustellen: mit diesem goldenen Kegelspiel seien nämlich die aus Bregenz weggebrachten Reichtümer gemeint. Vielleicht handle es sich dabei um das sogenannte Körnchen Wahrheit, das in jeder Sage versteckt sei.

Biertrinken in Düsseldorf

„Streng geheim, besonders daheim, Hahaa!" lachte einer der sangesfreudigen Gäste am benachbarten Tisch. Er betonte beim Lachen die zweite Silbe des Wortes „daheim" durch eine deutlich höhere Tonlage. Dadurch klang sein Lachen komplizenhaft und mitwissend. Mit was auch immer; jedenfalls wurde ihm von seinen Tischgenossen beiderlei Geschlechts mit lautem Gelächter lebhaft zugestimmt, und da er heute gerade so gut in Stimmung war, sorgte er an seinem Tisch noch einige Male für Humorausbrüche. Dem intensiven Stimmengewirr nach tranken diese Gäste heute Abend nicht ihr erstes Bier. Schließlich habe er bereits sein drittes Bier in Arbeit, bekräftigte der Erstgenannte meine Vermutung, als er meinen fragenden Blick bemerkte, und setzte zum nächsten Schluck an. „Drei Bier sind aber keine besondere Leistung", war von einem anderen zu hören, der seinem Dialekt nach aus Bayern stammte, „bei den kleinen Gläschen, mit denen ihr Düsseldorfer euer Altbier ausschenkt, da ist ja kaum ein Viertelliter drin, und süffig ist es auch noch."

Ihrer Kleidung nach waren die Herren geschäftlich in Düsseldorf, vielleicht wegen einer dieser großen Industriemessen. Die Atmosphäre wirkte sehr entspannt, auch ich fand das Bier hier wirklich süffig, leicht und Appetit anregend. In diesem Lokal fand heute anscheinend Blutwurst mit unheimlich vielen Zwiebeln besonders großen Anklang. „Wer das ge-

gessen hat, darf am selben Abend wahrscheinlich niemandem mehr zu nahe kommen", fand der Bayer. Trotzdem sah er immer wieder mehr oder weniger unauffällig zu einem adretten jungen Mädchen hin, das etwa fünf Meter entfernt an einem Stehtisch lehnte und offensichtlich auch schon das dritte oder vierte Bier trank. Die Herren am Nebentisch tuschelten. Ihre Kommentare hätten wohl leise sein sollen, aber im Wirtshauslärm und unter Biereinfluss hatten einige ihre Lautstärke nicht mehr exakt unter Kontrolle. Ohne es besonders hinhören zu wollen und selbstverständlich ohne den geringsten Anflug von Neugierde bekam ich mit, dass die Figur des Mädchens viel Gefallen fand. Insbesondere der knackige Hintern schien der Gegenstand einiger fachmännischer Kommentare, er wurde aber auch von einem karierten Minirock sichtlich gezielt in Szene gesetzt. Er saß so eng, dass sich die Nähte des Slips abzeichneten und dessen minimale Ausmaße erahnen ließen. Höchst wohlwollend und in der Meinung, abseits des Tisches nicht gehört zu werden, kommentierten die Bier trinkenden und viele Zwiebelscheiben essenden Herren, mit welch aufregender Krümmung sich die Nähte über die rundesten Partien hinzogen um dann unter dem straff gespannten Stoff dazwischen unsichtbar zu werden.

Ich persönlich fand das halbdunkle, obergärige Bier in diesem Lokal ungemein süffig. Die zylindrischen Gläser, in denen sie an den Tisch kamen, enthielten gefühlt allerdings nur etwa die halbe Menge eines kleinen Bieres wie ich es von zu Hause gewohnt war. Des ungeachtet fühlte ich mich nach einigen Bieren doch geistig ein wenig von der umgebenden Welt abgehoben. Gewiefte Trinker hätten dieses Gefühl vielleicht in tiefgründigen Gesprächen bei weiteren Bieren zu klären versucht. Mit angenehm empfundenen Schrecken sah ich nun schon zum wiederholten Male, wie einer der blaubeschürzten Kellner erneut ein großes Fass mit dem betörenden obergärigen Bier mitten durch das Lokal rollte und unter beifälligem Hallo der Gäste zum Anstich auf die Theke hob. „Offensichtlich schmeckt dieses Bier nicht nur mir", ging es mir durch den Kopf. Und, ich glaubte meinen Augen nicht zu trauen, wurde gleich darauf ein weiteres Bierfass durch das Lokal gerollt. „Aber wann und wo rollte man nur all die leergetrunkenen Fässer wieder zurück?" fragte ich wissbegierig einen der Kellner. Das zweite Fass werde doch bei einer anderen Anstichstelle benötigt, antwortete er mit einem Gesichtsausdruck, der mich als vollkommen Unwissenden dasitzen ließ. „Muss jeder Biertrinker wissen, wie viele Bier-Anstichstellen sie hier in diesem Lokal haben?" sagte ich zu mir selbst, es müssen offensichtlich mehrere sein. Bei schönem Wetter servieren die Kellner ja bis zu dem Mäuerchen am Rheinufer hinaus, wurde mir erklärt.

Das Fässer-Herumrollen erschien mir schließlich trotz Zunahme meines Wissens über hiesige Biere konfuse Züge an, denn unter den kräftigen Griffen des Kellerburschen schien das volle Fass wieder auf dem selben Weg durch das Lokal zu sein. Mich beschlich der Eindruck, dass die vielen Fass-Transporte nur wegen der Gäste zelebriert wurden. Vielleicht war in den Fässern gar kein Bier drin, und an den Zapfstellen waren fixe Leitungen in den Keller installiert. Unter dem Eindruck dieses Verdachtes fand ich, es sei nun Zeit, eine Pause mit dem Biertrinken zu machen, bevor ich die konfusen Fasswege nicht mehr von konfusen Feststellungen auseinanderhalten konnte. Ich wollte meine Zeche bezahlen. Wo war nur der Kellner. Halt, da stand er ja. Er kassierte gerade bei dem knackigen Hintern im karierten Minirock.

Unter der Tür des Lokals warteten fünf andere weibliche Wesen auf einen Platz – nicht mit knackigen Hintern und nicht mit Minirock. Sie schienen in allerbester Laune. Ich war mir sicher, sie wollten Biertrinken. Niemand geht in Düsseldorf in dieses Lokal, der kein Biertrinken will, so viel wusste ich seit heute Abend. Mit lautstarkem Hallo begrüßten sie es, dass schon wieder ein Bierfass durch das Lokal gerollt wurde – wie mir auffiel, vom selben Kellerburschen wie vorher und wieder zu einer von meinem Tisch aus nicht zu identifizierenden Bier-Zapfstelle. Für mich verstärkte sich der Verdacht, dass den Gästen mit dieser ganzen Fassrollerei nur eine Show vorgespielt wurde. Mittlerweile war ich mir fast sicher, dass das alle Düsseldorfer wussten. Aber das war mir egal, Hauptsache die Show war originell und förderte die gute Laune.

Müßiggang an der Pegnitz

Mein kurzer Urlaub bestand aus zwei Nachmittagen; einen davon verbrachte ich im Garten eines Kaffeehauses direkt an der Pegnitz, die mitten durch Altstadt von Nürnberg fließt. Die Auswahl an Torten war hier phänomenal, und die Kreativität der Konditorei ebenfalls. Es wäre gar nicht leicht sich da durchzuessen, ohne es nachher mit stundenlangem, quälendem Völlegefühl zu büßen. Zwei besonders verlockend aussehende Tortenstücke gönnte ich mir, und dazu ein Kännchen Kaffee. Gemütlich neben dem Mäuerchen am Flussufer sitzend kam ich danach ins Grübeln, ob ich das einsetzende Völlegefühl durch zwei oder drei Magenbitter bekämpfen sollte. Ich hatte noch keine Entscheidung getroffen, welchen der angebotenen verdauungsfördernden Schnäpse ich bestellen sollte, da flatterte ein Spatz daher, landete direkt neben mir auf der Mauerbrüstung und sah mich mit schräggestelltem Kopf an, als ob er fragen wollte, ob er sich über die Tortenreste auf dem Dessertteller hermachen dürfe. Na, du Kegelschnäbler, das gehört sich doch nicht, flüsterte ich ihm zu, was sollen denn die anderen Gäste sagen, außerdem ist das unhygienisch, also such dir woanders etwas zu fressen. Sind Spatzen wirklich Kegelschnäbler? fragte ich mich dann, so hatte ich es doch irgendwo gelesen, die Form des Schnabels sah wirklich kegelig aus. Ich würde zu Hause meine Tochter oder meinen Sohn fragen, vielleicht lernten sie das gerade in der

Schule. Vielleicht hießen die Spatzen ja gar nicht Spatzen sondern Sperling. Dem überhaupt nicht scheuen, sichtlich gut genährten, kugelrunden kleinen Vogel war sicher völlig gleichgültig, wie er von den Menschen genannt wurde, für ihn waren im Augenblick vor allem die Tortenreste auf dem Teller interessant.

Ich hatte ein komisches Gefühl, an einem ganz normalen Nachmittag während der Arbeitswoche untätig in einem Gastgarten zu sitzen. Einen Moment lang hätte mich fast ein wohlig schlechtes Gewissen erfasst, wie damals, als ich ein einziges Mal in meinem Leben die Schule geschwänzt hatte. Eigentlich war ich ein sehr braver Schüler, viel zu brav, schweiften meine Gedanken weiter. Komischerweise hatten viele Lehrer trotzdem etwas gegen mich. Wie etwa der Musikprofessor, der bereits nach kurzem Zuhören entschied, ich könne nicht singen. Diese Entscheidung galt dann für alle Schuljahre, in denen er mich unterrichtete. Von diesem Lehrer bekam ich keinen Hinweis, ob ich nun mein Leben lang einfach zu denen gehörte, die nicht singen können, oder ob ich vielleicht doch singen lernen könnte, wenigstens ein bisschen. Bei diesem Lehrer hatte ich nach dieser einmal getroffenen Entscheidung keine Chance mehr, eine bessere als eine mittelmäßige Beurteilung zu bekommen. Oder der Turnprofessor. Der machte sich zwar darüber lustig, dass ich als Zehnjähriger nicht Fußballspielen konnte, aber er unternahm niemals auch nur die geringsten Versuche, mir das Fußballspielen beizubringen. Auch in diesem Fach gab es fortan höchstens eine mittelmäßige Note. Außer wenn Rudern oder Schwimmen auf seinem Lehrplan stand. Bei diesen beiden Sportarten bewies ich Qualitäten, die selbst ein nicht wohlgesonnener Lehrer positiv bewerten musste; dann konnte eine bessere Bewertung im Schulzeugnis stehen. Gerechterweise muss ich zugeben, dass es andere Lehrer gab, die sich durchaus Mühe gaben, wie etwa die Professoren für Latein und Altgriechisch. Im Unterschied zu Musik und Sport mochte ich diese Fächer zwar nicht, aber diese Lehrer gaben sich wirklich Mühe. Leider war ich in diesen Fächern mit meinen Gedanken sehr oft irgendwo anders als beim Unterricht. Aber nun lag die Schulzeit wirklich schon einige Jahrzehnte zurück und Vorwürfe an mich selbst oder seine Lehrer führten heute Nachmittag zu nichts mehr. Es wäre ja wirklich zweifelhaft, die Versäumnisse der Jugendzeit mit derselben Messlatte zu beurteilen wie mein späterer durchaus erfolgreiches Berufsleben.

Ganz in Gedanken versunken, hatte ich gar nicht bemerkt, dass am Nebentisch neue Gäste Platz genommen hatten. Die zwei jungen Damen mit dem folgsamen, gut gepflegten Rottweiler, den sie an einem dicken Mauerring angebunden hatten, waren verschwunden, dafür saßen jetzt drei Rentnerinnen da. Anscheinend besonders tierliebende Damen, denn gerade nahm eine von ihnen eine flache Plastikschale mit klarem Wasser aus ihrer Einkaufstasche, entfernte den Deckel und stellte das Gefäß mit diesem wohlvorbereiteten Getränk für die Spatzen auf die Mauerbrüstung. Das war schon etwas verblüffend, denn keine drei Meter daneben floss die Pegnitz vorbei, welche an diesem Tag sicher mehr als genug Wasser für durstige Spatzen führte. Allerdings, das musste ich schon zugeben, war das Flusswasser weniger sauber als das Wasser, welches die tierfreundliche Rentnerin in der Plastikschale mitgebracht hatte. Die Spatzen nahmen das Wasser gerne an, für sie war es praktisch, wenn sie von den Kuchenkrumen, die ihnen die drei älteren Damen nun reichten, bis zum Trinkgefäß nur zwei Hüpfer zu machen brauchten.

Als die Kuchenkrumen fertig aufgepickt und die Teller der drei wohltätigen Spenderinnen von der Kellnerin abgeräumt waren, saß ein Dutzend Spatzen noch eine ganze Weile lang in Reih' und Glied erwartungsvoll auf der Mauer. Einer von ihnen hielt seinen Schnabel sperrangelweit offen, als ob er ihn vor Staunen, dass das süße Futter schon fertig aufgegessen war, nicht mehr zuklappen konnte. Vielleicht erinnerte ihn die Situation aber einfach an das elterliche Nest, wo es darauf ankam, den Schnabel so weit offen zu halten, dass Papa oder Mama mühelos einen Wurm, einen Käfer oder sonst etwas Leckeres hineinstecken konnten.

Hatte ich mich mit meinen Gedanken über das Füttern von Spatzen schon zu weit vom wohlig trägen Gefühl des Urlaubstages entfernt? Neinneinnein überhaupt nicht, korrigierte ich mich sofort. Wann denn sonst als in einer richtigen Urlaubsstimmung hatte ein sonst durch viele Termine gehetzter mitteleuropäischer Mensch Zeit, sich über Spatzen fütternde ältere Damen so tiefgründige Gedanken zu machen? So ein Gedankenausflug schuf doch immerhin eine Gelassenheit, wie sie nur jemanden erfassen kann, dem der Augenblick zur Gänze selber gehört. Also eine Art Kurzurlaub. Das Leben findet heute statt, entschied ich.

Beim Flussnamen Pegnitz kam mir vor, als habe ich ihn auch in einem anderen Zusammenhang schon gehört. Aber mein Gedächtnis, das ich bei der Suche nach alternativen Zuordnungen außerordentlich anstrengte, räumte nur die Möglichkeit ein, den Namen vielleicht in Verbindung mit einer Landschaft als einem Fluss gehört zu haben. Ich war mit diesem Ergebnis meines Nachtdenkprozesses überhaupt nicht zufrieden, fand mich schließlich jedoch mit der Ausrede ab, es sei ja im Augenblick nicht so wichtig und würde mir später schon noch einfallen. Ach ja, erinnerte ich mich eine Viertelstunde danach, da war doch diese Stadt einige Dutzend Kilometer nordöstlich von hier. Naheliegenderweise kam der Fluss Pegnitz auf seinem Weg auch an dieser Stadt vorbei. Wer wohl zuerst Pegnitz hieß, die Stadt oder der Fluss? Die Klärung dieser Frage verschob ich auf später.

Ich war nicht zum ersten Mal in Nürnberg und bei meinen ausgedehnten Spaziergängen durch diese wehrhaft wirkende, beinahe vollständig von massiven Stadtmauern eingekreisten Stadt, hatte ich schon eine ganze Reihe von lauschigen, stillen und gemütlichen Plätzen am Ufer der Pegnitz kennengelernt. Von Anfang an fand ich es besonders reizvoll, wie der Fluss durch Öffnungen in der Stadtmauer auf der Ostseite in die Altstadt hinein- und nach etwas mehr als einem Kilometer auf der Westseite wieder hinausfließt. Ich spazierte einige Male entlang des mitten durch die Stadt fließenden Flusses. Die Spazierwege führten allerdings nicht immer direkt am Ufer entlang, denn an einigen Stellen wuchsen die Häuserfronten direkt am Wasser in die Höhe. Überaus attraktiv fand ich es, wie der Fluss auf seinem Weg durch Stadt einige Inselchen bildete, teilweise von Bäumen bestanden und gegen die Fließrichtung zugespitzt. Über schmale, nur eine Fahrspur breite Brücken aus Sandstein konnte ich als Spaziergänger, alle paar hundert Meter die Flussseite zu wechseln, je nachdem, wo ich wieder einen reizvollen Winkel zwischen den verschachtelten Häuserblocks und dem Fluss zu finden glaubte, oder wo ein schattiger kleiner Park oder enge Gässchen ein wenig Schutz vor der brennenden Sommersonne versprachen. Auf einigen der Brücken fand ich Hinweise, dass sie den Namen von römisch-deutschen Kaisern trugen. Dies erinnerte daran, dass die Stadt nicht nur in der heutigen Zeit betriebsam ist, sondern dass eine ganze Reihe ihrer Gäste in den vergangenen Jahrhunderten die Macht hatten, sehr weitreichende politische Entscheidungen zu treffen.

Melanesien-Bar

Ich war neugierig, wie es in der Melanesien-Bar aussah. Die farbig-hellen Fenster und die bunte Außenbeleuchtung des Lokals waren mir aufgefallen, als ich abends auf der Suche nach einem Speiselokal hungrig am gegenüberliegenden Ufer der Pegnitz entlang spazierte. Der Name Melanesien klang exotisch und die farbenfrohe Dekoration erinnerten mich an das Balsafloß, mit dem der norwegische Forscher Thor Heyerdahl in der zweiten Hälfte der Vierziger Jahre des vorigen Jahrhunderts von Peru aus über den pazifischen Ozean auf eine der polynesischen Inseln gesegelt war. Ob er mit seiner fast dreieinhalb Monate dauernden Fahrt beweisen konnte, dass die polynesischen Inseln von Südamerika aus besiedelt wurden, war mir eigentlich egal, auf jeden Fall hatte mich das mit schwarzweißen Fotos illustrierte Buch regelrecht gefesselt. Es war eines der ersten Bücher gewesen, die ich als Junge gelesen hatte. Ich hatte es mehrmals gelesen, mindestens drei Mal. Und die Seiten mit den Fotos hatte ich unzählige Male durchgeblättert. Mir hatten die sechs bärtigen Männer imponiert, die von Hand Haie gefangen hatten und fliegende Fische für ihre Mahlzeiten einfach vom Deck des Floßes auflesen konnten. Außerordentlich interessant waren auch die drei damals sicher hochmodernen, heute aber geradezu vorsintflutlich wirkenden Funkgeräte und die Drachenantenne, welche die Männer hochsteigen ließen, um besseren Empfang zu haben. Auch heute noch, wenn ich das schon sehr gebraucht wirkende Buch, aus dem einzelne Seiten schon herauszufallen drohen, aus dem Bücherregal nehme, blätterte ich mindestens eine Stunde darin herum. Es war also klar, dass mich ein Lokal mit dem Namen Melanesien-Bar brennend interessierte. Hunger hatte ich ja auch, also entschied ich sehr schnell, dass ich heute in diesem Lokal zu Abend essen würde.

Allerdings fiel ich in der Melanesien Bar gleich von Anfang an unangenehm auf. Der Kellner hatte mir auf einer langen gepolsterten Bank am Fenster einen Platz zugewiesen. Ich saß mit dem Rücken zum Fenster, und wenn ich mich umwandte, konnte ich hinter mir das dunkle Wasser des im Sternenlicht träge durch die Stadt dahinfließenden Flusses sehen. Sternenlicht, wie romantisch, heute stimmt wirklich alles, dachte ich mir. Ich fand jedoch schnell heraus, dass das mit dem Sternenlicht so nicht stimmte. Die Lichter, die sich in der Pegnitz so romantisch spiegelten, waren nicht Sterne sondern die beleuchteten Fenster der Häuserfront auf der anderen Flussseite. Aber im Moment war mir das sowieso egal, denn ich war soeben auf peinliche Weise unangenehm aufgefallen. Das Malheur passierte mir bei meinem Versuch, zwei hochbeinige Barhocker beiseite zu rücken, um etwas umständlich zu meinem Tisch zu gelangen. Ich machte das wohl etwas zu schusselig, jedenfalls verhakte sich eines der langen Barhockerbeine an einer Fußstrebe des ebenfalls hochbeinigen Tisches. Da die Tisch-Barhocker-Komposition wegen ihres hohen Schwerpunktes ziemlich instabil war, geriet sie sofort gefährlich ins Schwanken. Der schmucke Designer-Kerzenständer auf dem Tisch befand sich für ungeschickte Hände ebenfalls in gefährlicher Höhe und stürzte mit Getöse samt brennenden Kerzen zu Boden.

Zu dieser frühen Abendstunde war das Lokal noch spärlich besetzt und der allgemeine Geräuschpegel noch niedrig. Umso stärker schreckte das Gepolter des stürzenden Kerzenständers die anderen Gäste auf. Alle Blicke richteten sich auf mich, den Verursacher des spektakulären Unfalls mit dem zu Boden polternden Kerzenständer. Unwillkürlich zog ich den Kopf ein, fast körperlich spürte ich die auf mich gerichteten missbilligenden Blicke der anderen Gäste. Ich spürte, wie sich in meinem Nacken die Haare sträubten. Eine Kellnerin eilte herbei und räumte die Bescherung vom Boden auf. Es war nichts weiter passiert, die paar Wachsflecken am Parkettboden fielen in dem schummerigen Licht nicht auf. Der Designer-Kerzenständer war unbeschädigt geblieben, allerdings wurde er vorsichtshalber nicht mehr auf meinen Tisch gestellt. Anscheinend hielt man es für möglich, dass diesem Gast noch weitere Ungeschicklichkeiten passierten.

Durch das Gepolter war auch der Chef des Lokals auf mich aufmerksam geworden. Mit skeptisch vorsichtigem Gesichtsausdruck erkundigte er sich nach meinem Wohlbefinden und sorgte dafür, dass ich sehr schnell die Speisekarte bekam. Es wurde nun wohl erwartet, dass ich schnell bestellte, schnell aß und dann möglichst schnell wieder verschwinde. Jedenfalls bevor ich nochmals die anderen Gäste erschreckte. Ich bestellte ein Melanesien Pfeffersteak mit Farmerkartoffeln und dazu ein Weizenbier. Wie schon vorher vermutet, wurde das Essen sehr schnell serviert. Es schmeckte ausgezeichnet.

Beim zweiten Weizenbier, das ich mir nach dem Essen bestellte, war das peinliche Gefühl von vorher schon vergessen und die Erwartung einer exotischen Inneneinrichtung des Lokals, die der Name „Melanesien" ausgelöst hatte, erwartete ihre Bestätigung. Wohlig gesättigt, sah ich mir nun die Einrichtung des Lokals genauer an. Fast direkt über mir hing, mit Bastseilen an einer Art Gebälkgiebel befestigt, ein kunstvoll ausgearbeitetes, aus verleimten Hölzern gebautes Südsee-Auslegerboot. Alle Teile waren glatt geschliffen und lackiert. Es sah aus, als ob dieses Dekorationsstück täglich poliert würde. Der Ausleger des Bootes reichte etwa zwei Meter weit bis zum Bartresen, der parallel zur Fensterfront den größten Teil der Raumlänge einnahm. Die Wände des Lokals waren mit senkrecht angeordneten, in der Mitte gespaltenen Bambusstangen verkleidet. In diese Verkleidung waren Bilderrahmen eingearbeitet, ebenfalls aus hälftig gespaltenen Bambusstangen. Die Bilder waren großformatige farbige Fotografien bekannter Südseegemälde von Cézanne: Nackte, glücklich und natürlich wirkende Frauen, von der Zivilisation völlig unberührt.

Hinter der Bar hatte inzwischen ein schlanker Bursche mit einem schmalen und auf mich irgendwie vertraut wirkendem Gesicht seinen Dienst begonnen. Seine halblangen glatten Haare hatte er hinter dem Kopf zu einem keck in die Höhe strebenden Schwänzchen zusammengebunden. Die Art, wie er mit den an der Bar lümmelnden Gästen sprach und sein ausgeprägt breiter fränkischer Dialekt ließen erkennen, dass er trotz seines südasiatischen Aussehens sicher nicht von einer Südseeinsel stammte.

Unterwerfungsritual in der Straßenbahn

Wie aus dem Nichts saß plötzlich ein neuer Passagier auf einem Platz der benachbarten Sitzgruppe des Straßenbahnwaggons. Ein gepflegt wirkender Mann. Auf den ersten Blick hatte er das gewisse Etwas jenes rassigen südeuropäischen Typs, dessen Stimme beim Singen jenes feine Vibrieren entwickelt, bei dem angeblich das weibliche Geschlecht ganz nervös wird. Die Erwartung, derartige Vertreter des männlichen Geschlechts in großer Zahl in Bars und an palmengesäumten weißen Sandstränden Stränden zu finden, soll schon Legionen nicht mehr ganz junger Frauen zu Urlauben in südliche Länder, zum Beispiel nach Spaniens Strände, gelockt haben. Aus entsprechend ausgeschmückten Schilderungen schließe ich, dass sich angeblich unzählige Frauen ein derartiges männliches Wesen für romantische Stunden oder sogar als herzeigbaren Partner wünschen. Nicht zuletzt, um sich von anderen Frauen beneiden zu lassen. Die in diesem Sinne vorteilhaften äußerlichen Eigenschaften gaben diesem Herrn einen gewissen Startvorteil, als er sich neben Marjorie setzte. Wahrscheinlich hieß sie nicht Marjorie, ich weiß nicht, wie sie hieß, aber ich will ihr hier einfach einen Namen geben.

Was ihre äußere Erscheinung betraf, war Marjorie ein etwas unscheinbar aussehendes Mädchen Anfang zwanzig. Sie wirkte durchschnittlich gepflegt und war offensichtlich nicht mit jenem besonderen modischen Selbstbewusstsein gesegnet, mit dem manche Frauen die begehrlichen Blicke und Wünsche vieler Männer magisch auf sich ziehen. Ihre Kleidung war sauber und ordentlich aber gewöhnlich, vielleicht auch ein kleines bisschen altmodisch. Ähnliches galt auch für ihre Frisur: ihre halblangen, leicht krausen und beim morgendlichen Frisieren sicher etwas widerspenstigen Haare hatte sie mit einem schnurgeraden Scheitel in der Mitte geteilt. Es schien, dass sie sich ein wenig geschmeichelt fühlte, dass dieser rassige Mann gerade sie gefragt hatte, ob er sich auf den freien Platz neben ihr setzen dürfe. Dabei hätte er eine große Anzahl anderer Plätze wählen können, auf denen niemand saß. Etwas Irritierendes hatte die Situation, denn allzu selbstverständlich und mit leicht herablassender Mine hatte er, ohne ihr Einverständnis abzuwarten, mit einem breiten Grinsen neben ihr Platz genommen. Sie fühlte sich etwas gering geschätzt, starrte aus dem Fenster und wusste nicht, ob sie sich wünschen sollte, von ihm angesprochen zu werden oder nicht.

Er hingegen kostete ihre offensichtliche Unsicherheit amüsiert aus. Er war offensichtlich ganz sicher, dass sie jener Typ von Frauen war, deren Eroberung ihm keine besondere Mühe bereitete. Als erstes begann er zu testen, wie weit er bei ihr gehen konnte. Er versuchte einige Komplimente: Es gefalle ihm, dass sie nicht gekleidet war wie alle anderen und dass er sie deswegen für eine besondere Frau halte. Vermutlich war ihm bewusst, dass er mit derart plumpen Komplimenten bei jeder etwas selbstbewussteren Frau auf Ablehnung stoßen würde, aber diesem Mädchen, das wahrscheinlich nicht sehr viel Erfahrung mit Männern hatte, sah er an, dass sie nicht wusste, ob sie sich über diese Komplimente freuen oder peinlich berührt sein sollte. Auf jeden Fall hatte er sie aus der Fassung gebracht, sie wirkte etwas verlegen. Und das entsprach ganz seiner Absicht.

Unterdessen hatte eine Schar mit lauten Stimmen durcheinander schnatternder junger Mädchen im gleichen Straßenbahnwaggon Platz genommen. Der Lärm ihrer lebhaften Unterhaltung entkrampfte auch die Annäherung zwischen Marjorie und diesem sichtlich routinierten Don Juan. Wie zufällig berührte er ihre Schultern. Sie empfand dies zwar schon ein wenig zudringlich, aber nicht so stark, dass sie dagegen protestiert hätte. Andererseits fühlte es sich doch ganz gut an, von diesem attraktiven Mann berührt zu werden. Er hingegen stellte ganz einfach fest, dass dieses einfach gestrickte Mädchen reagierte wie er es erwartet hatte. Bald darauf begann er, sanft ihren Nacken zu streicheln. Bei dieser unerwarteten Berührung zuckte sie elektrisiert und ablehnend zurück, andererseits fühlten sich diese warmen, zarten Hände nicht einmal so unangenehm an. Obwohl diese Überrumpelung entschieden zu weit ging und vor allem viel zu schnell, hatte sie nicht den Mut zu einer entschiedenen Ablehnung. Mit einem verlegenen Lächeln zog sie lediglich ihren Kopf etwas zur Seite, worauf er seine Hand wieder zurückzog.

Nach kurzer Zeit streichelte er ihr wieder den Nacken. Sie gab es auf, sich zu wehren, obwohl sie sich eigentlich entschieden distanzieren wollte. Das in der Kunst der Verführung sichtlich geübte Auge des Don Juan hatte diese gefühlsmäßige Unentschlossenheit aufmerksam registriert. Für ihn war dies der Moment an dem er für seine Annäherung schon ein sanftes Unterwerfungsritual einsetzte: er fasste Marjorie mit leicht gespreizten Fingern vom Nacken her sachte in die Frisur. Mit dieser Berührung war er allerdings zu weit gegangen, mit unwilligem Gesichtsausdruck entzog sich Marjorie seiner Hand als fürchte sie um ihre Frisur. Diese Ablehnung amüsierte ihn jedoch nur, denn nun fasste er mit seiner Hand nochmals ihren Nacken und umfasste ihn mit sanftem aber entschiedenem Griff. Da sie sich das gefallen ließ, fuhr er ihr wieder mit gespreizten Fingern an den Hinterkopf und dann in die Frisur. Ihr Gesichtsausdruck zeigte nun ganz offen Ablehnung und lähmende Furcht vor ihrer eigenen Schwäche. Und vor der sichtlichen Unterwerfungslust dieses Mannes, der sie sich nun hilflos ausgesetzt fühlte.

Verworrene Gedanken am Bartresen

Als Gast am Bartresen fand ich die große Anzahl Schnapsflaschen die gegenüber von mir vor der verspiegelten Regalwand fein säuberlich und millimetergenau ausgerichtet Parade standen richtig attraktiv. Sie waren nicht nur millimetergenau positioniert, sondern auch makellos sauber, die Spiegelwand glänzte sensationell fleckenlos. Sie war nach allen Regeln der Reinigungskunst blankgeputzt. Trotz heller Hintergrundbeleuchtung sah ich nicht ein einziges störendes Fleckchen. Bei der peniblen Genauigkeit, mit der die Flaschen aufgestellt waren, wäre natürlich jede Unregelmäßigkeit sofort unangenehm aufgefallen. Ich ließ meinen Blick verträumt über die bunte Flaschenwelt schweifen von links nach rechts und dann wieder zurück. Ich wurde mir plötzlich bewusst, dass ich heute Abend wahrscheinlich schon einige Gläser Prosecco zu mir genommen hatte. Möglicherweise war es darauf zurückzuführen, dass mich die vielen Flaschen und Etiketten der alkoholhaltigen, hinter Flaschenglas gefangenen Buntheit verwirrten. Trotzdem fanden sie mein Wohlgefallen. Armagnac, Malibu, Gordons und so weiter. Wie um mein Wohlgefallen zu bekräftigen, nahm ich noch einen Schluck aus seinem Proseccoglas.

Schlimm, diese alkoholbeeinträchtigte Gedankenwelt, dachte ich mir dann kritisch: Meine Wahrnehmung zeigt zwar kreative Ansätze, aber immer dann, wenn ich präziser nachdenken will, schweifen meine Gedanken ab und verlieren sich in einer unkontrollierbaren Kurvenwelt. Für korrekte Schöngeister, auch wenn sie sonst einem Gläschen nicht abgeneigt sind, wäre so ein Zustand beschämend, ein Missbrauch kreativitätsfördernder Substanzen. Aber heute Abend war es nun einmal so, ich musste mit diesem Zustand fertig werden, basta. Ich konnte den Alkohol ja nicht einfach aus meinem Blut wieder hinauszaubern. Ich musste mich damit abfinden, dass mein Körper jetzt einfach eine Reihe von Stunden benötigte, um den Alkohol zubauen, sagte ich sachlich aber für andere unhörbar zu mir selber.

In dieser kurzzeitig etwas ernüchterten Gefühlslage wanderte mein Blick über den Bartresen hinweg eine Etage tiefer. Emotional wurden daraus gleich zwei Etagen, denn hier bot sich meinem von der bunten Vielfalt verlockender Flaschenetiketten verwöhnten Blick eine andere Vielfalt, eine die geprägt war von betriebsamer Eile. Hier warteten ohne jede Ordnung hingestellte Gläsern nur darauf, möglichst schnell wieder gefüllt zu werden. Ich war mir natürlich bewusst, dass es mich nichts anging, ob das Personal sein Arbeitsumfeld mehr oder weniger ordentlich und rationell gestaltete. Trotzdem störte mich einfallslose Art, wie die Gläser dort hingestellt waren – schon wegen des Kontrastes zum makellosen Spiegelregal mit den bunten Schnaps- und Likörflaschen. Ich fand, dass die unterschiedlichen Formen der Trinkgläser, die hier einfach so dastanden, einen kreativen Geist schon herausfordern hätten können.

Ganz plötzlich wurde ich aus diesen Gedanken herausgerissen. Ich hatte irgendetwas gehört, was meine Aufmerksamkeit erforderte. Ich spitzte meine inneren Ohren, hörte aber vorerst nichts weiter. Ist doch ganz egal, flüsterte mir eine lautlose Stimme aus einer heute Abend etwas entlegenen, eher sachlich orientierten Region meines Gehirns zu, Hauptsache die Gläser sind hohl, und das müssen sie doch sein.

Allerdings fand ich es langsam bedenklich, auf welchen verschlungenen Pfaden meine Gedanken unterwegs waren. Zum Beispiel war ich mir zeitweise nicht mehr sicher, welche Etiketten auf den bunten Flaschen im verspiegelten Regal gegenüber ich noch deutlich lesen konnte. Um dies zu überprüfen begann ich innerlich laut aber äußerlich nicht hörbar zu lesen: Malibu, Peach Tree, Latisse, Fragezeichen, Fragezeichen, Metaxa, Bacardi, Havanna Club, Gordons, Southern Comfort, Jack Daniels, Fragezeichen, Campari und natürlich, ganz links stand Martini. Der durfte doch in keiner Bar fehlen; gleich zwei Flaschen standen da, eine helle und eine dunkle. Sollten Martinidrinks nun geschüttelt oder gerührt serviert werden? Ich selbst hatte noch nie einen Unterschied bemerkt. Obwohl: anscheinend gab es Kenner, die den Unterschied kannten und ihn sogar für ein ausschlaggebendes Kriterium hielten. Wo hatte ich das schon gehört? Ach ja, in einem dieser Agentenfilme, in denen stilvoll alles kurz und klein gehauen wird. Ich hatte wirklich Glück, dass ich noch nie so einem Agenten über den Weg gelaufen war. Für jeden gewaltfreien Zeitgenossen wäre so eine Begegnung sicher fatal. Der Agent hingegen würde eine derartige Begegnung mit Unbeteiligten einfach als Kollateralschaden abhaken. Auf jeden Fall hätten Krankenhäuser und Leichenbestatter viel zu tun, wenn so ein Agent gerade durch die Stadt kommt. Aber derartige Begleitprobleme zeigten solche Filme ja nicht, dachte ich mir, und damit glitten meine Gedanken weiter in melancholischere Bereiche meiner inneren Erlebniswelt.

Und mit so einem Agentenerlebnis wäre mein Leben dann möglicherweise Ende, führte mich mein Gedankenkonstrukt weiter. Da mich meine Eltern sehr fromm erzogen hatten, hatte ich in früheren Jahren viel darüber gerätselt, was nach dem Tod wohl sein würde. Es hatte lange gedauert, bis ich mich zur für mich tröstlichen Aussicht durchgerungen hatte, dass der Körper als Ganzes oder als Asche einfach verweste. Nahrung für unterirdisch lebende Mikroorganismen, später auch für Pflanzen bilden würde und so Teil von Gräsern und Gesträuch oder sogar von einem stattliche Birnbaum. So würde ich im Kreislauf der Nahrungskette einfach in verschiedener Form Bestandteil der Natur bleiben. Auf diesem Weg könnte es auch möglich sein, vielleicht sogar von Zeit zu Zeit wieder Teil eines Menschen zu sein. Im Verlauf von Jahrtausenden wären Teile von mir vielleicht sogar hin und wieder Staub, wie es die Religionsobrigkeit bei Begräbnissen so gerne betonte. Direkt nach meinem Tod würden wahrscheinlich ein paar von den Hundert Milliarden Bakterien in meinem Darm und auf meiner Haut schon noch eine Weile weiterleben und ebenfalls weiteres Leben produzieren.

Vielleicht hatten die Religionsobrigkeiten das nur alle falsch verstanden und das wirkliche ewige Leben findet einfach auf diese Weise statt, flüsterte wieder jemand aus einer bisher wenig beachteten Region meiner verschlungenen Gehirnwindungen. Ich erschrak plötzlich über mich selbst und meine Folgerungen. Der Schreck hielt sich aber in Grenzen, trotzdem entschied ich, nun sei es aber genug, vergatterte meine Gedanken wieder zurück auf meinen Barhocker und widmete meinen Blick wieder der farbenfrohen Alkoholvielfalt im gegenüberstehenden gläsernen Spiegelregal.

Ja, es hatte schon eine verblüffende optische Wirkung, wie das verspiegelte Regal, das ohnehin wirklich viel Platz bot für alle möglichen Arten von bunten Flaschen, alles nach doppelt so viel aussehen ließ. War es möglich, dass diese bunte Vielfalt die Kreativität meiner Gedankenwelt anfeuerte? Alkohol kann ja auf den verschiedensten Arten zu sich genommen werden, stellte ich ganz nüchtern fest. Dieser Umstand gehört zu den erheblichen Unterschieden gegenüber anderen Suchtgiften. In der Regel ist die Herkunft des in den Handel gebrachten Alkohols klar offengelegt, ebenso klar deklariert ist der Alkoholgehalt. Schon wegen der Steuern, und der klaren Aussicht, ob und wie stark der Konsument am nächsten Tag Kopfschmerzen hatte. Wie sagten damals in den Zeiten des eisernen Vorhangs meine Geschäftspartner in den osteuropäischen Ländern? „Alka Selzer gegen alkoholbedingte Kopfschmerzen ist das wichtigste Importgut, das wir offiziell aus Großbritannien beziehen." „Dieses Medikament erleichtert eindeutig das Leben", hatte mich einer dieser Experten belehrt: „Wichtig ist es jedoch, es nicht erst am Morgen zu nehmen, wenn die Kopfschmerzen schon da sind, sondern am Abend vor dem Zubettgehen. Der Morgen ist dann eindeutig schöner. Wenn dann immer noch ein wenig Kopfschmerz da ist, kann man ja am Morgen nochmals eine Tablette in Wasser auflösen und zu sich nehmen. Dann sollte der Tag eigentlich gut anfangen können." Damals hinter dem Eisernen Vorhang hatten manche Leute dort eine liebenswert an den wirklich wichtigen Kleinigkeiten des täglichen Lebens ausgerichtete Philosophie, nicht wahr?

Um die anregend bunten, aber sehr ausschweifenden Gedankengänge wieder auf den Boden der Realität zurückzuholen, entschloss ich mich zu einem Lokalwechsel. Wie schon den ganzen Abend lang, war der Barkeeper auf meinen Wink hin augenblicklich da. Weil es mir in der bunten Bar so gut gefallen hatte, gab ich viel zu viel Trinkgeld, was ich sofort danach wieder bereute. Aber geschenkt ist geschenkt. Ich machte mich auf den Weg zum nächsten Lokal. Weit hatte ich nicht zu gehen, kaum hundert Meter weiter stand eine Lokaltüre weit offen. Ich begrüßte die dort in der Nähe stehenden Gäste mit einem freundlichen „Sorry", weil ich sie mit dem kalten Luftzug erschreckt hatte, der beim Eintreten durch die Tür hereinblies. Bevor ich mich hinsetzte, holte ich mir eine der renommierten Tageszeitungen, die auf einem der Tische auslagen. Gleich auf der zweiten Seite fiel mir trotz meines leicht alkoholisierten Zustandes ein Zeitungsartikel auf, der berichtete, dass ein Millionenbetrüger seine Schulden mittels einer Goldmine bezahlen wollte, die angeblich einem Freund gehörte. Ein schöner Freund war dieser Millionenbetrüger für den angeblichen Besitzer der Goldmine. Für wie blöd wollen einen denn manche zwielichtigen Leute verkaufen, fragte ich mich.

Am Nachbartisch zog einer der Gäste kräftig an einer sagenhaft dicken Zigarre mit einer protzig golden glänzenden Bandage und löste mit diesem Atemzug einen beträchtlichen Teil eines durchschnittlichen Tagesverdienstes in Rauch auf. Während er etwas angestrengt an seiner Zigarre zog, machte er den Versuch ein weltmännisches Grinsen zur Schau zu stellen, so als ob er demonstrieren wollte, wie kreuzegal ihm Geld und alle Neider seien. Als er bemerkte, dass seine Rauch-Zeremonie bemerkt wurde, zog er nochmals kräftig und füllte eine satte Portion Rauch in seinen Bauch, was die Knöpfe und Knopflöcher seines Hemdes für alle deutlich sichtbar in Stress versetzte. Wenig später entließ er eine riesige, sehr intensiv riechende Rauchwolke durch seine Nase in das Lokal. Obwohl die Rauchwolke gar nicht so schlecht duftete, ging es nicht lange und in mir machte sich ganz dominant das Gefühl breit, dass ich heute Abend schon zu viel Prosecco zu sich genommen hatte. Was in meinen Kopf mit zunehmender Geschwindigkeit umherkreiste, konnte ich schon nicht mehr geordnete Gedanken nennen. Genau jetzt, fand ich, war es die richtige Zeit, mich auf den Weg nach Hause zu machen, und diesmal wirklich direkt und ohne Zwischenstopp.

Souveräner Kellner

Die Drehtür, durch die ich das Bahnhofrestaurant betrat, erinnerte mich an eine Flügelpumpe. Bei jeder Person, die sie durchließ, ertönte ein dezentes „Wusch", und dann wieder ein „Wusch" beim nächsten Gast. Gleich beim Eintreten fiel mir ein runder Tisch in einer Ecke auf, den ich sofort ansteuerte. Wenige Augenblicke danach erschien ein Kellner in schwarzem Anzug mit weißem Hemd und schwarzer Krawatte und fragte mich, ob ich einen Wunsch hätte. Ich hatte einen und bestellte ein irisches Stout, denn auf dem Nachbartisch hatte ich genau so ein Bier gesehen. Eher ungewöhnlich, dieses Inselbier hier mitten in Festlandeuropa. Nicht lange nach meiner Bestellung stand ein Pint gut eingeschenktes Guinness vor mir auf dem Tisch. Nicht aus der Flasche sondern vom Fass. Zuerst erinnerte seine Farbe noch an einen hellen Milchkaffee, aber ziemlich rasch stiegen die vielen Kohlendioxidbläschen im Glas nach oben und bildeten dort eine kompakte Schaumschicht; das Bier darunter hatte in der gleichen Zeit die für Stouts typische, fast kohlrabenschwarze Farbe angenommen.

Ich nahm einen kräftigen Schluck, lehnte ich mich in meinem Sessel zurück und sah mir die hohe Halle dieses vermutlich Ende des neunzehnten oder Anfang des zwanzigsten Jahrhunderts gebauten großstädtischen Bahnhofrestaurants genauer an. Die mit an den Jugendstil erinnernden Stuckgirlanden

205

verzierte Decke erstreckte sich in sieben oder acht Metern über der Halle. Bis in eine Höhe von etwa zweieinhalb Metern zog sich eine in Rechtecken strukturierte Täfelung aus dunklem Holz den Wänden entlang, die oben von einem leicht vorspringenden Fries abgeschlossen wurde. Darüber zeigten großzügige Wandmalereien in etwas idealisiertem Stil Szenen aus der Geschichte des alpenüberquerenden Verkehrs.

Auf einem der Bilder war eine kleine Kolonne von Saumpferden auf einem sich einer abgründigen Schlucht entlangschlängelnden schmalen Pfad unterwegs. Die ersten Packpferde der Kolonne betraten soeben eine aus groben Steinblöcken gebaute schmale Bogenbrücke, die in schwindelerregender Höhe einen in der Tiefe tosenden Wildbach überspannte. Auf einem anderen Bild sah man eine gelbe Postkutsche, die von einem Pferdegespann über die Serpentinen einer Passstraße bergan gezogen wurde. Der Postillion hatte gerade sein Posthorn angesetzt, vermutlich um Entgegenkommende frühzeitig vor seinem Fahrzeug zu warnen, das fast die gesamte Straßenbreite einnahm. Auf einem weiteren Bild war ein Automobil unterwegs, ebenfalls auf einer in Serpentinen angelegten Bergstraße, die aber etwas großzügiger angelegt war als auf dem Bild mit der Postkutsche. Zur Zeit, als das Bild entstand, war das Automobil sicher hochmodern, heute wäre es ein sündteurer Oldtimer. Hinter seiner langgestreckten Motorhaube schloss sich ein offenes Cockpit an, in dem, von einer Windschutzscheibe geschützt, ein sportlich gekleidetes Paar saß. Beide hatten Leder-hauben auf dem Kopf und vor den Augen Schutzbril-len. Hinter der Frau flatterte ein halber Meter Schal im Fahrtwind. Die Krönung der Bilder, wie könnte es in einer Bahnhofrestauration anders sein, stellte ei-nen Eisenbahnzug dar, der gerade aus einem Tunnel herausfuhr. Die Lokomotive war bereits elektrisch angetrieben; stolz präsentierte sie ganz vorne das Emblem des Eisenbahnunternehmens. Bei einem blumengeschmückten Haus neben der Strecke wink-ten begeisterte Kinder.

Die Gäste an den Tischen des Bahnhofrestau-rants schienen von der bunten Bilderpracht über ih-nen völlig unberührt. Na ja, vermutlich wird schon der eine oder andere die Bilder mit einem längeren Blick gewürdigt haben. Offensichtlich waren viele dieser Gäste Reisende wie ich. Einige hatten neben ihren Stühlen sperrige Rollkoffer abgestellt; die meis-ten Griffe waren hochgezogen. Fast so, als ob die Gäste damit ihre Bereitschaft zur augenblicklichen Weiterreise demonstrieren wollten. Einige von ihnen hatten sich nicht die Mühe gemacht, ihre Mäntel an der Garderobe aufzuhängen, sondern sie einfach über die in die Höhe gezogenen Griffe gelegt. Für mich verstärkte dies den Eindruck sofortiger Reisebe-reitschaft. Dem Anschein nach hatten jedoch die meisten eine längere Wartezeit bis zur Abfahrt ihres Zuges zu überbrücken und benützten diese Reise-pause um ihr Abendessen einzunehmen. Andere Gäste waren ihrer Kleidung und ihrem Gehabe nach eher keine Reisenden sondern Einheimische, die ihr

Bier nicht alleine trinken wollten. Wie es aussah, hatten diese Biertrinker allesamt den Zenit ihres Lebens bereits vor einigen Jahren überschritten. Die meisten, so vermutete ich, waren beruflich im Ruhestand. Manche schienen zufrieden, andere zeigten mit herabhängenden Mundwinkeln, dass ihr bisheriges Leben nicht alle Erwartungen ihrer Jugendzeit erfüllt hatte.

An einem der benachbarten Tische servierte ein farbiger Kellner gerade eine Platte, auf welcher bunte Gemüsesorten und gegrilltes Fleisch zusammen mit gerösteten Zwiebeln und einer dunklen Sauce adrett angerichtet waren. Dem Auge, das ja bekanntlich mit isst, wurde ein appetitanregender Anblick geboten. Der Kellner hätte dem Aussehen nach Inder oder Tamile sein können. Er war rastlos beschäftigt mit dem Bedienen seiner Gäste, wirkte aber trotzdem nicht hektisch und stellte sich souverän und zurückhaltend vornehm auf die Stimmung der einzelnen Gäste ein. Dabei schien er sich durchaus bewusst zu sein, dass er unter stetiger und kritischer Beobachtung durch die einheimischen Biertrinker stand. Ganz pragmatisch reagierte er auf den unterschiedlichen Umgangston, mit dem er von seinen so unterschiedlichen Gästen angesprochen wurde. Obwohl er mit großer Gewandtheit zielsicher zwischen Tischen, Stühlen und Koffern herumwuselte, wirkte er ausgesprochen freundlich und aufmerksam, jedoch keinesfalls aufdringlich. Mit würdevollem Ernst versah er seinen Dienst und strahlte trotz seiner eiligen Eifrigkeit eine unwiderstehlich wirkende natürliche Souveränität aus.

Wie die anderen Kellner trug er schwarze Hosen und Schuhe und ein weißes Hemd. Weniger vornehm dafür sehr zweckmäßig wirkte der schwarze Gurt, der an der rechten Seite von einem Halfter mit griffbereit darin steckender großer Geldtasche schräg nach unten gezogen wurde. Mich erinnerte der Gurt mit dem Geldtaschen-Halfter an die Waffengürtel moderner Polizeiuniformen, nur dass die Waffengürtel eindeutig kleidsamer aussahen. Vor dem Halfter mit der Geldtasche hing an einer vernickelten, zierlichen Kette ein Schlüssel, mit dem er sich an der Registrierkasse identifizieren musste, bevor er die Bestellungen der Gäste eintippte.

Der Kellner war Brillenträger und seine Brille hatte er sichtlich mit besonderer Sorgfalt ausgewählt. Oder er war von einem Optiker mit außergewöhnlich gutem Geschmack beraten worden. Jedenfalls vermittelte der filigrane Aufbau des modisch zeitlosen Brillengestells den Eindruck eines gebildeten und belesenen Mannes, der sich mit seinen derzeitigen beruflichen Möglichkeiten angefreundet, und seine weiter reichenden Ambitionen auf spätere Tage und günstigere Gelegenheiten verschoben hat. Alles an ihm zeigte, dass ihn seine derzeitige Lage keineswegs frustrierte, stattdessen trug er die Abgeklärtheit eines Weltmannes zur Schau, der das Bewusstsein pflegt, dass auch dieser Beruf einen großen Erfahrungsschatz für jeden bietet, der dafür offen ist. Und dass nichts im Leben endgültig ist. Hantierte er an der Theke zwischen den vielen Gläsern und Flaschen und der Registrierkasse, wirkte er so ernsthaft und konzentriert besonnen wie ein Diplomingenieur am Schaltpult in der Steuerzentrale eines großen Kraftwerkes. Sogar dann, wenn er die Aschenbecher seiner rauchenden Gäste in den Abfalleimer entleerte.

Bar mit Eisenbahn

Von meinem Platz gegenüber der Eingangstür hatte ich einen umfassenden Blick sowohl über die Innenarchitektur dieser Bar in der Nähe des Essener Bahnhofs als auch über den sichtbaren zwischenmenschlichen Umgang der Gäste miteinander und mit dem Servierpersonal. Meine eigenen Wünsche waren soeben durch die Anlieferung eines bunten Cocktails erfüllt worden, sodass ich nun gemütlich die Einrichtung des Lokals näher in Augenschein nehmen konnte. Natürlich hat für uns schwerkraftgebundene Menschen die mit dem Boden und den Wänden verbundene Einrichtung primäre Wichtigkeit; der Innenarchitekt dieses Raumes hatte es jedoch sichtlich darauf angelegt, die Blicke der Gäste nach oben zu lenken, auf den auffällig gestalteten Deckenbereich. Die Belüftungskanäle der großzügig dimensionierten Klimaanlage an der Deck zogen sich über die gesamte Raumlänge; auf der einen Seite über dem Bartresen und auf der anderen Seite an den Fenstern gegenüber der Bar. Dazwischen blieb ein etwa zehn Meter langer und vier Meter breiter Bereich mit größerer Raumhöhe offen. Dadurch erhielt der Gastraum einen optischen Effekt, der die Phantasie jedes nicht widerstrebenden Betrachters in die Höhe zog. An dem von den Belüftungskanälen gebildeten Absatz war wie eine Hangbrücke eine kleine, in der gesamten Länge des Raums ringsumlaufende Trasse montiert, auf welcher zwei Meter über den

Köpfen der Gäste eine Modelleisenbahn, möglicherweise mit Spurweite eins, in beruhigend gemächlichem Tempo unablässig den Raum umrundete. Dazwischen leuchteten hunderte von kleinen elektrischen Dioden wie ein Sternenhimmel. Eine irgendwo verborgene Steuerung ließ einige der kleinen Lämpchen von Zeit zu Zeit etwas heller erstrahlen und dämpfte ihre Helligkeit dann nach und nach wieder bis nach einigen Minuten ihre Helligkeit wieder kaum mehr von jener der anderen Lampen zu unterscheiden war. Die schwarze Dampflokomotive mit ihren vier oder fünf Waggons dahinter drehte währenddessen weiter gemächlich ihre Runden.

Als Hintergrundmusik hatte der Barkeeper einen der berührenden Songs der Smooth-Jazz-Sängerin Sade in die Musikanlage eingelegt. Im Song kam ein raffinierter weltmännischer und weitgereister Verführer vor, sehr reich, eben „high in the sky". Sehr romantisch, diese Sängerin mit ihrer samtenen Stimme. Aber sie sang auch: „Heaven help him, when he falls." Ich nippte versonnen an meinem Cocktail und holte meine Sinne wieder zurück in den Raum. Die Tischreihe an der Fensterfront, durch die ich eilige Passanten auf der Straße beobachtete, erinnerte an die Inneneinrichtung alter, nobel eingerichteter Eisenbahnwaggons: Eine Reihe von gegenüberstehenden, mit Hochflausch gepolsterten Sitzen mit hohen Rücklehnen und seitlich gepolsterten Ohren auf Kopfhöhe. Etwas vom Stil abweichend standen zwischen den Sitzen kleine, dunkel gebeizte Tischchen, auf denen der Kellner Getränke und Nüsschen servierte. Hinter den Rückenlehnen der Sitze reckten sich wie in alten Eisenbahnabteils Gestelle mit Gepäckablagen in die Höhe. Wohl um an diese ursprüngliche Bestimmung zu erinnern, lagen auf einigen dieser Gepäckablagen dekorative Koffer mit Aufklebern, die an Aufenthalte in berühmten Hotels von Weltstädten erinnerten. Für mich als Betrachter wirkte es fast so, als würden die Gäste der Bar bei der nächsten Station aussteigen und ganz selbstverständlich ihre Koffer mitnehmen.

Ein fast dreidimensional wirkendes Bild dominierte eine ganze Wand der Bar: eine Dampflokomotive schien hier im Begriff, mitten in den Raum hereinzubrausen. Schemenhaft waren durch den Dampf und Rauch, der die Lokomotive umgab, der Kohlentender und die ersten Waggons zu erkennen. Das Bild strahlte eine eindringliche Realität und Lebendigkeit aus, ich als phantasiezugänglicher Mensch hörte die Lokomotive förmlich zischen und fauchen. Merkwürdig fand ich es, dass dieses Bild trotz seiner geradezu ohrenbetäubenden Dramatik auf mich merkwürdig beruhigend wirkte.

An einer anderen Wand gab eine historische Übersichtskarte in einem Schaukasten präzise „Zusätzliche Auskünfte zum Kursbuch der Deutschen Demokratischen Republik", von dem ein Exemplar gebrauchsbereit aufgeschlagen und bereit für jeden interessierten Leser gut beleuchtet in einer Vitrine lag. Daneben drapierten sich auf einem schon leicht angegilbten Gruppenfoto stolze Mitglieder eines Vereines. Quer über den durchwegs männlichen Vereinsmitgliedern war ein Transparent gespannt. Mit seiner Aufschrift "Der Parteitag bestimmt das Handeln der Eisenbahner." versicherten seine Urheber der staatlichen Obrigkeit der DDR ihre immerwährende Linientreue. Unschwer zu erraten, aus welchem Interessenbereich dieser Verein stammte. Ein weiteres Foto zeigte eine Dampflokomotive, auf deren Vorderfront ein glänzend herausgeputztes Emblem mit der Aufschrift "Jugendlok V. Parteitag" prangte. Ich vermute, der Kellner hatte mein zunehmend verblüfft intensives Interesse bemerkt, mit welchem ich seine Bar und deren Einrichtung musterte, jedenfalls stand er plötzlich mit einem doppelten Wodka vor mir und bemerkte dazu, dieses Getränk würde besser in die damalige Zeit passen als der bunte Cocktail, den ich gerade ausgetrunken hatte..

Persönlichkeiten in der Eisenbahn

Im Zugabteil der ersten Klasse war noch ein Platz frei. Das hatte der soeben Eingetretene wohl durch die Glastüre des Abteils bemerkt. Grußlos und ohne die bereits im Abteil Sitzenden eines Blickes zu würdigen, setzte er sich, schlug die Beine übereinander, lehnte sich zurück und döste ein. Unvermeidlich, dass er von seinen Mitreisenden also auch von mir ausgiebig von oben bis unten neugierig beobachtet wurde. Die Qualität seiner Kleidung ließ ein finanzielles Polster vermuten, das ihm ohne besonderes Nachdenken Einkäufe im preislich gehobenen Durchschnitt erlaubte. Allerdings verriet der Stil seiner Kleidung einen höchstens durchschnittlichen Geschmack, der sich auch in dem abgeklärten, an die Fährnisse des täglichen Berufskampfes angepassten Gesicht spiegelte. Seine leicht angegrauten, nicht gerade frisch gewaschenen Haare wirkten etwas pappig und waren ohne Scheitel nach hinten gekämmt. Er konnte es sich leisten, die Haare streng parallel nach hinten auszurichten, denn sein Haaransatz war trotz seinem etwas fortgeschrittenen Alter noch keinen Zentimeter nach hinten gerückt.

Die Mundwinkel wiesen etwas nach unten. Dieser Eindruck wurde noch von zwei Falten verstärkt, die sich von den Nasenflügeln ausgehend bis zu den seitlichen Kinnpartien in sein Gesicht eingegraben hatten. Der Ausdruck seiner grauen Augen teilte den Mitmenschen mit, dass sich ihr Besitzer selbst als respektablen Teil jener Gesellschaft betrachtete, die seiner Einschätzung nach ihre Mitglieder zwang, einander gegenseitig auszubeuten und niederzuhalten. Manche sagen, dass sich die Einstellung zum Leben und zu den Mitmenschen im Gesichtsausdruck spiegle. Ich weiß aus eigener Erfahrung, dass das bei weitem nicht immer stimmt. Würde ich jedoch den bequemen Vorurteilen folgen, so würde ich aus dem Gesichtsausdruck meines Gegenübers darauf schließen, dass er an den geschäftlichen Praktiken des Ausbeutens von Untergebenen schon jahrzehntelang eifrig teilnahm und dieses Ausbeuten schon lange vor sich selbst gerechtfertigt hatte. Diese Vermutung war natürlich ein Vorurteil meinerseits. Beim Betrachten seiner Gesichtszüge ging mein Vorurteil jedoch noch einen Schritt weiter, denn es legte mir die Vermutung nahe, dass er schon seit Beginn seines Lebens froh darüber war, dass er nicht zur unterlegenen Bevölkerungsschicht gehörte. Sicher hatte er prinzipiell nichts dagegen, unter dem Druck von Sachzwängen Nachteile für andere in Kauf zu nehmen oder zu fördern. Besonders dann, wenn ihm dieses Handeln Vorteile oder einen guten Eindruck bei seinen Vorgesetzten versprach.

Eine andere Mitreisende, ich nenne sie hier Marguerite, denn meine Vorurteile, die ich heute sehr unterhaltend fand, sagten mir, dass sie sicher so hieß. Da ich während der ganzen Fahrt nicht mit ihr gesprochen habe, weiß ich ihren Namen natürlich nicht. Sie saß weder gelangweilt noch in Müdigkeit zusammengesunken auf ihrem Sitzplatz, wie es die meisten anderen Fahrgäste taten. Sie lümmelte auch nicht auf betont lässige Weise mit nach vorne geschobenem Becken auf ihren Platz wie viele der jugendlichen Passagiere, von denen jetzt in den späten Nachmittagsstunden sicher die meisten auf dem Nachhauseweg waren. Trotz Platzmangel saß Marguerite Raum beanspruchend diagonal mit den Knien gegen die Abteilmitte. Ihr kerzengerade aufgerichteter Oberkörper lehnte am Polster der Rücklehne, mit ihrem linken Ellbogen stützte sich auf die Armlehne unter dem Fenster. Ihre langen Haare hatte sie mit einer für den Betrachter nicht sichtbaren Haarklammer raffiniert ungezwungen in die Höhe gesteckt. Auf spezielle Art wirkte die Frisur höchst ordentlich. Mit ihrem Kopf war sie sichtlich nicht in diesem Eisenbahnabteil, denn sie korrigierte mit konzentriertem Gesichtsausdruck Schulhefte. Ich, der ich meine Neugier nicht beherrschen konnte, bemerkte dies mit mehreren raschen Blicken aus meinen Augenwinkeln.

Ich weiß, es gehört sich nicht, andere Leute so ungeniert auszuforschen. Der Leser verzeihe mir bitte. Meine neugierigen Blicke verrieten mir, dass ihre Schüler kurze Aufsätze geschrieben hatten. Offensichtlich musste es sich um fortgeschrittener Schüler handeln, deren analytisches Denken bei der ausführlichen Beantwortung einer Frage herausgefordert wurde. In ihren Aufsätzen stellten sie das Ergebnis ihrer Denkarbeit der kritischen Beurteilung durch ihre Lehrerin. Die Frau war so konzentriert auf ihre Arbeit, dass sie meine Blicke anscheinend nicht wahrnahm. Ihr Gesichtsausdruck ließ beim Prüfen der Texte keinerlei Gemütsbewegung erkennen, höchstens hin und wieder ein ganz leichtes Wohlwollen, das ihre leicht nach oben weisenden Mundwinkel verrieten. Ab und zu bewegte sich ihr Unterkiefer. Er bearbeitete eine Portion Kaugummi, manchmal kaute sie etwas schneller, dann wieder weniger schnell. Ab und zu blieb die Kaubewegung abrupt mehrere Augenblicke lang stecken, wie von verblüfftem Erstaunen blockiert.

Der offene Kragen ihrer weißen Bluse bildete ein Dekolleté, dessen Wirkung genau kalkuliert schien: man sah nicht zu viel, aber auch nicht so wenig, dass die Phantasie nicht zumindest ein wenig in Gang gekommen wäre. Der Ausschnitt war so bemessen, dass der marineblaue, etwas weit geschnittene Rundkragen des über die Bluse gezogenen ärmellosen Pullovers knapp unter dem Schlüsselbeinansatz eine geschmackvoll gefällige Linie bildete. Unter dem leicht hochgerutschten Hüftbund des Pullovers zeigte sich wieder die weiße Bluse, die in markantem Kontrast sowohl zum Pullover als auch zum blaugrauweiß karierten Rock stand, der einige Zentimeter oberhalb ihrer Knie endete. Einige Zentimeter unterhalb ihrer Knie begannen eng anliegende schwarze Stiefel, in denen lange schlanke Beine steckten. Der dunkel-fleischfarben geschminkte schmale Mund verstärkte die Vermutung, dass mir gegenüber eine ausgesprochen selbstbewusste Lehrperson saß. Bewusst, dass sie bei Dutzenden Schülern höchste Nervosität verursachte. Ich persönlich bin mir fast sicher, dass sie das Spannungsfeld zwischen ihrem attraktiven Aussehen und ihrem Auftritt als Lehrperson durchaus genoss.

Es saßen noch weitere Personen in unserem Abteil. Eine davon schien es zu kränken, dass der eingangs erwähnte, anscheinend finanziell gut situierte Unbekannte sie noch nicht bemerkt hatte, obwohl er schon vor einer ganzen Weile aus seinem Schläfchen erwacht war. Dieses offensichtliche Ignorieren ihrer Person empörte sie sichtlich. Nicht dass sie weiterreichende Absichten erkennen hätte lassen, aber dass dieser Unbekannte sie einfach nicht bemerkte, das durfte nicht sein. Der direkte Weg seine Aufmerksamkeit auf sich zu ziehen, wäre sicher der einfachste. Aber gehört es sich, jemanden anzusprechen und zu sagen: „Guten Tag, ich möchte Sie gerne ein wenig kennenlernen?" Wie würde der Fremde reagieren? Würde er eine solche Ansprache unschicklich empfinden, gerade von einer Frau? Obendrein würde sie sich auf diese Weise in eine schwächere Position manövrieren. Nein, schon aus diesem Grund durfte sie als Frau den direkten Weg nicht wählen. Außerdem hatte sie dazu nicht die Courage, zu groß war ihr das Risiko, für alle Anderen sichtbar auf eine peinliche Ablehnung zu stoßen.

Aber sie gab nicht auf. Sie war sicher, sie als Frau war mit ihren Möglichkeiten noch lange nicht am Ende. Wie könnte sie seine Wünsche mit etwas mehr Nachdruck wecken? Sie fühlte sich provoziert durch sein unbeteiligtes Hinaussehen aus dem Fenster des Eisenbahnabteils. Wies dies nicht eventuell auf einen unangenehm arroganten Charakter hin? Sie vermutete immer noch, dass ihr Gefühl sie höchstwahrscheinlich täuschte. Trotzdem kränkte es sie, dass für diesen Mann die vorbeiziehende Landschaft anscheinend attraktiver war als sie. Und mit einem Mal stufte sie sein Benehmen als ausgesprochen arrogant ein, und überhaupt den ganzen Mann.

Warum nur, fragte sie sich, war sie nicht imstande, nach dieser entschiedenen Gefühlswendung ihre Gedanken in eine andere Richtung zu lenken? Die Bekanntschaft mit diesem Menschen würde ihr ohnehin nur Ärger einbringen. Aber irgend etwas an ihm ließ sie nicht los. Ehrgeiz oder Eitelkeit? Dieses überaus drängende Gefühl in ihr wollte es diesem arroganten Kerl einfach zeigen. Gemeinhin sagten die Leute doch, für eine Frau sei es durchaus möglich, den Verstand eines Mannes in die Hosen rutschen zu lassen. Wenn sie so ihre Lebenserfahrungen Revue passieren ließ, war sie überzeugt davon, dass sie es auch dieses Mal schaffen konnte. Es war zumindest einen Versuch wert. Sie kontrollierte in Gedanken nochmals ihr Erscheinungsbild: Die Frisur machte sicher einen ordentlichen Eindruck. Kurz vor der Abreise hatte sie sich zuhause vor dem Spiegel über den Glanz ihrer Haare, ihre Länge und ihre blauschwarze Tönung gefreut. Trotzdem - man kann ja nie wissen - kramte sie, eine Haarbürste aus ihrer Handtasche, fuhr mit der linken Hand am Nacken unter die Haare und hob sie so weit hoch, dass sie mit der Haarbürste an dieser Stelle ansetzen konnte. Dann bürstete sie ihre Haare mit großer Hingabe einige Male nach oben, hielt sie dann mit der linken Hand fest, holte eine knallrote Haarmasche aus der Handtasche und band die Haare zu einem kecken, frechen Schwänzchen zusammen.

Aus den Augenwinkeln sah sie, dass dieses unsägliche männliche Wesen die vorbeiziehende Landschaft nicht mehr sah. Er hatte seine Blicke ihr zugewandt und schaute sie vollkommen ungeniert an. Er sah nicht einmal dann verlegen zur Seite, als sie ihm mit eisigem Gesichtsausdruck ihre gesamte Ablehnung und Verachtung entgegenschleuderte. Sie vergaß auch nicht, ihrem Gesichtsausdruck ein wohldosiertes Quäntchen Empörung über die allgemeine männliche Zudringlichkeit beizumischen. Allerdings schien ihn ihre Ablehnung nicht im Geringsten zu beeindrucken, stattdessen verzog sich sein Gesicht zu einem süffisanten Grinsen. Innerlich kochte sie vor Wut. Sie fand sich bloßgestellt, und was sie noch viel wütender machte, sie hatte das alles - ihre Wut und dieses süffisante Grinsen - nur sich selbst zuzuschreiben. Sie hätte auf dieser Reise ganz unbeteiligt und unberührt von anderen Reisenden bleiben können, aber sie musste ja unbedingt testen, ob ihre gepflegte Weiblichkeit auch dieses Schnöselwesen von Mann beeindrucken konnte. Die Situation machte sie zugleich wütend und unsicher: War nun der Verstand dieses Kerls im Begriff, in die Hose zu rutschen oder war er es nicht? Oder war sein Verstand schon an dem einen einzigen Punkt angelangt, an dem sich nach ihrer Meinung das gesamte Gefühl der Männlichkeit konzentrierte? Sie befürchtete, dass ihr Teint in Kürze erröten könnte Die Rettung kam aus dem Lautsprecher über der Abteiltüre, denn von dort verkündete gerade eine sonore Männerstimme, dass der Zug in den nächsten Minuten am Bahnhof Winterthur ankomme. Dies gab ihr die Gelegenheit, einen unbefangenen Gesichtsausdruck aufzusetzen, sich abzuwenden und geschäftig in ihrer Handtasche zu kramen.

Ein Fahrgast an einem der anderen Plätze des Abteils hatte die Szene beobachtet und sein Gesicht zu einem kurzen Schmunzeln verzogen. Nun erwartete er sichtlich gespannt, ob sich die Situation nach dieser kurzen Entspannung erneut zuspitzen würde. Unter seiner ausgeprägten Hakennase seines schmalen Gesichtes trug er einen struppigen Schnauzbart. Jede einzelne Haarspitze dieses Schnauzbartes schien in nervöser Erwartung zu zittern. Der Mann wirkte drahtig und jederzeit bereit, sich den rauen Anforderungen des Lebens zu stellen, auch wenn diese noch so plötzlich daherkämen. Seine Frisur wirkte ausgesprochen sportlich, auf der Oberseite seines Kopfes reckte sich jedes einzelne der maximal vier Zentimeter langen Haare steil in die Höhe. Vorne, gegen die Stirn zu, schienen die Haarspitzen regelrecht angriffslustig Aktivitäten herbeizufordern.

Über dem respektablen Riechorgan, das aus der Mitte seines vor Aufregung leicht geröteten Gesichts herausragte, verkündete ein Blick durch eine goldgeränderte Brille eifrige Anteilnahme an allem, was sich im Abteil zutrug. Aufgeregt bewegen sich seine Kiefer, so als ob er einen Kaugummi mit allen Zähnen gleichzeitig bearbeiten wollte. Seine Augen hatten es nicht nötig, von einem Augenwinkel in den anderen zu hüpfen, denn der Knopf folgte ruckartig dem Interesse seines Besitzers. Es passte ausgezeichnet, dass das sportlich drahtige Gesicht von einer Reihe vorherrschend in senkrechter Richtung ausgerichteter Falten durchzogen wurde. Ich hätte in so einem Gesicht eher eine ausgeprägte Strenge erwartet, aber nicht die geringste Spur eines unfreundlichen Gedankens schien dieses Gesicht zu trüben. Lediglich ein Anflug von Enttäuschung, denn die offensichtliche Spannung zwischen dem Mann und der Frau gegenüber löste sich in nichts auf. Sie hatte aufgehört, in ihrer Handtasche zu kramen und er sah an ihr vorbei gebannt aus dem Fenster.

Vor dem Fenster des Zugabteils zogen Häuser, Straßen, Wälder und Wiesen vorbei. Irgendwo zwischen Wil und St. Gallen fuhr der Zug aus irgendeinem Grund langsamer. An einem Waldrand sah er ein kleines Motorrad an einem Weidezaun lehnen. Eine blaue Arbeitsjacke hing hingeworfen über seinem Sattel. Rechts neben dem Motorrad waren etwa mannshoch, fein säuberlich auf die gleiche Länge abgesägte Holzprügel frisch aufgeschichtet. Das Aufschichten des Holzstoßes war noch im Gange. Auf beiden Seiten des Holzstoßes in den Boden eingeschlagene Pfähle, die quer über den Holzstoß hinweg mit einem Seil verspannt waren, sorgten dafür, dass die aufgeschichteten runden Prügel nicht auseinanderrollten. Unter dem weit herausragenden herbstlich gefärbten Blätterdach einer danebenstehenden

Buche stand ein stabil hingestellter Hackstock, an dem sich ein älterer Bauer hingebungsvoll mit seiner Holzarbeit beschäftigte. Der Bauer nahm keine Notiz von dem vorbeirauschenden Eisenbahnzug. Praktisch und fast häuslich hatte er sich auf dem mit buntem Herbstlaub bedeckten Waldboden seinen Arbeitsplatz eingerichtet. In müheloser Reichweite um ihn herum standen außer dem Hackstock und dem Holzstoß noch ein Gerät zum Zusammenbinden von Büscheln aus dünneren Ästen und ein säuberlich aufgerichteter Stoß aus solchen Büscheln.

Der Abend, als der Regen kam

Beide Flügel des großen Fensters nach Westen standen weit offen. Sanft strich die erfrischende kühle Luft des Spätnachmittags ins Zimmer und um meine Beine. Ich saß an meinem Schreibtisch und arbeitete ein Kapitel in einem technischen Fachbuch durch. Es ging um die Berechnung von Wandstärken von zylindrischen Behältern unter Außendruck, ein Problem, das ich am Nachmittag im Büro nicht hatte lösen können. Nun wollte ich mir die nötigen Kenntnisse aneignen um mich am nächsten Tag im Büro nicht zu blamieren. Ich kam gut voran und freundete mich gerade mit dem Wesen einer von einem Herrn Mises entwickelten Gleichung an, mit der sich berechnen lässt, unter welchem Außendruck ein Behälter mit wie vielen Beulen zusammengedrückt wird. Nun aber war das Rauschen der Baumwipfel so stark geworden, dass ich mich nicht mehr auf meine Arbeit konzentrieren konnte. Ich stand vom Schreibtisch auf und trat zum offenen Fenster. Direkt vor dem Haus sah ich die kurzen, spitzen Halme eines gepflegten Rasenstreifens, bei dem ein sehr gründlicher Gärtner offensichtlich akribisch genau darauf achtete, dass sich inmitten der Rasenpflanzen keinerlei Unkraut breitmachte. Umso auffälliger stachen einige bunte Blumen keck aus dem gleichmäßigen Grün hervor, die bei der letzten Rasenpflege der Aufmerksamkeit des Gärtners entgangen sein mussten.

Als ich vor einigen Wochen in dieses Untermiet-
zimmer bei der Witwe Eisengert einzog, machte
mich schon am zweiten Tag ein freundlicher Nachbar
darauf aufmerksam, dass dies eine ordentliche
Wohnsiedlung sei. Und ob ich bitte beim Einparken
meines Autos darauf achten könne, dass das Fahrzeug schön gerade in der für mich reservierten Park-
lücke stehe. Das trage doch zu einem gefälligen Erscheinungsbild der Siedlung bei, meinte er mit einem
freundlichen aber bestimmten Gesichtsausdruck.
Obwohl ich etwas überrascht war, hatte ich keinen
Einwand gegen die freundlich dargelegten Argumente dieses ordnungsliebenden Mitmenschen. Deshalb
stellte ich mein Auto jeden Abend, wenn ich von der
Arbeit nach Hause kam, ordentlich in meine Parklü-
cke. Mein Auto war schon eines der auffälligeren auf
diesem Parkplatz, ein knallroter Mini Cooper mit
zwei auf der Kühlerhaube aufgemalten Augen, keinen aggressiven sondern freundlich erstaunten Augen. Ungeachtet der sonstigen Auffälligkeit meines
Autos achtete ich immer darauf, dass ich es parallel
und mit beidseitig gleichem Abstand zu den beiden
weißen Linien auf dem Asphalt einparkte. Die ebenfalls weiße Nummer 46, die auf dem Asphalt aufge-
sprüht war, und an welcher ich den mir zugeteilten
Parkplatz erkannte, sah man allerdings nicht mehr,
wenn das Auto korrekt auf seinem Parkplatz stand.

Alles schön ordentlich also, angefangen vom
aufgeräumten Parkplatz vor dem Haus bis zum saftig
grünen Rasenstreifen hinter dem Haus. Der freundli-
che Mann, der mir die Ordnung auf dem Parkplatz

nahegebracht hatte, war Hausbesorger und Gärtner in einer Person in dieser aus mehreren zweistöckigen Mehrfamilienhäusern bestehenden Wohnsiedlung. Und er nahm seine Aufgabe ernst, das musste man ihm lassen, alles war akkurat sauber, nirgends lag Unrat, nicht das kleinste Papierchen. nicht in den Hausgängen, nicht im Stiegenhaus nicht vor dem Haus und nicht hinter dem Haus. Obwohl ich sonst Blumen immer schon sehr gerne mag, musste ich zugeben, dass sie in das Bild dieses sauber getrimmten Rasens nicht hineinpassten. Trotzdem hatte ich großen Respekt vor den kleinen bunten Blumen, die es wagten, trotz offensichtlichem Verbot als auffällige Farbtupfer mitten im gepflegten, gleichmäßig grünen Rasen zu wachsen. Ein Anflug von konspirativem Mitgefühl stieg in mir hoch, ich beschloss, die Blumen dem Gärtner nicht zu verraten.

Gleich am westlichen Rand der idyllischen Rasenlandschaft begann Immobilien-Brutalität: Ein leicht angerosteter Maschendrahtzaun stieg jäh etwa anderthalb Meter in die Höhe. Jenseits des Zaunes breitete sich eine mehr als zwei Hektar große, kahl lehmig braune Fläche ab. Planierraupen hatten hier den Wiesenhumus großflächig beiseitegeschoben und an einem seitlichen Rand zu einem riesengroßen Erdhaufen aufgetürmt. Offensichtlich wurde das Gelände für irgendein Bauwerk vorbereitet. Eine „Überbauung einer ungenutzten Baufläche", wie sie es hier nannten. Bei den Regenfällen der letzten Tage hatten sich in den tief eingegrabenen Spuren der Planierraupen kleine Seenlandschaften gebildet. Dazwischen waren die ausgetrockneten Spuren von Wasserrinnsalen zu sehen, die sich da und dort ihren Weg gebahnt und dann wieder zu kleinen Flüsschen vereinigt hatten. Irgendwie hatten sie den tiefsten Punkt des Geländes gesucht und von dort den Weg zu einem Kanalgitter auf der angrenzenden Straße gefunden. Hier endete die langsam vertrocknende schlammig braune Spur, denn hier war das Wasser in den Tiefen des Kanalsystems der Stadt Zürich verschwunden.

Jenseits der von Baggerspuren durchwühlten verdorrt-lehmbraunen Ödlandschaft standen prachtvolle dichtbelaubte Bäume. Strotzend vor Vitalität zauberten sie unterschiedliche Grün- und Rottöne in das vom frühen Abendlicht verzauberte Bild. Eichen, Rotbuchen, Kastanienbäume, Birken, Weiden. Keineswegs planvoll und sauber geordnet, hier hatte jeder Baum seinen Lebensraum errungen, da und dort andere Bäume verdrängt, an anderen Stellen wiederum selbst durch den Platzbedarf benachbarter Bäume eingeschränkt.

Ganz in mich versunken hatte ich begonnen, die unterschiedlichen Farbtöne der Blätter und Zweige zu vergleichen und ihre gegenseitigen Wirkungen auf das Bild abzuwägen, welche der starke Wind laufend änderte. Böenartig blies der Wind durch das Geäst, durch das die rot gelben Reflexe der untergehenden Sonne ein buntfarbig bewegtes Leben zauberten. Ab und zu fuhr ein besonders starker Windstoß durch die dicht belaubten Äste und ließ diese bis zu den Stämmen hin erzittern. Sie bogen sich, als wollten die einen mit dem Wind davonfliegen und die Weite der Landschaft suchen, während die anderen an den Baumstämmen rissen. Von Zeit zu Zeit blinkte die schon bis nahe an den Horizont gesunkene Sonne, durch das Laub und verwandelte die Szene in ein intimrot verspieltes Gemälde.

Oberhalb der Sonne und der Baumwipfel jagten Wolkenhaufen in wilder Eile Richtung Osten. Und plötzlich fiel er, der nach der Schwüle mehrerer Tage ersehnte Regen. Zuerst klatschten nur einzelne große Tropfen auf den Boden. Dann wurden es mehr und mehr, wenig später fielen Wassermassen wie aus Kübeln vom Himmel. Tief fliegend suchten zwei Amseln mit schimpfendem Gezeter unter einem Dachvorsprung Schutz. Durch den von Windböen immer wieder fast waagrecht dahergepeitschten Sturzregen tauchte immer wieder die Sonne auf, welche die niederstürzenden Wassermassen in einen Vorhang aus tausenden von Goldperlen verwandelte, die am Boden in tausende funkelnder Spritzer zerschellten.

Braun und silbrig glitzernde Bäche suchten sich den Weg durch die von den Baggerspuren aufgewühlte Lehmlandschaft. Der Wetterspuk dauerte weniger als eine halbe Stunde, urplötzlich beruhigte sich der Sturm, nun hörte ich den immer noch starken Regen auf das Hausdach prasseln. Knapp neben meinem Fenster hatte die Dachrinne eine undichte Stelle, aus der ein fingerdicker Wasserspagat in einem spielerischen Bogen zu Boden plätscherte. Wie zur Erinnerung an den Sturm bliesen dann und wann plötzliche Windstöße um die Hausecke und erzeugten dabei brausend singende Töne. Sie erfassten den Bogen des Wasserstrahls und bliesen ihn in alle Richtungen. Manchmal so heftig, dass er zu feinem Wasserstaub versprühte bevor er noch den Boden erreichen konnte.